나랏말ᄊᆞ미
듀ᇰ귁에 달아

홍웅표 역사소설

나랏말ᄊᆞ미 듕귁에 달아

초판 1쇄 찍은날 2023년 7월 3일
초판 1쇄 펴낸날 2023년 7월 5일

지은이 홍웅표

펴낸이 최윤정
펴낸곳 도서출판 나무와숲 | 등록 2001-000095
주 소 서울특별시 송파구 올림픽로 336 910호(방이동, 대우유토피아빌딩)
전 화 02-3474-1114 | 팩스 02-3474-1113 | e-mail : namuwasup@namuwasup.com

ISBN 978-89-93632-93-4 03810

* 값은 뒤표지에 있습니다.
* 잘못 만들어진 책은 구입하신 서점에서 바꿔 드립니다.

나랏말ᄊᆞ미
듕귁(中國)에 달아

홍웅표 역사소설

나무와숲

이 소설을 한글을 남달리 사랑했던
고 노회찬 선배에게 바친다

책을 내며

소설을 쓰고 싶었다. 다른 무엇보다 '한글'을 주제로 소설을 쓰고 싶었다.

나는 우리나라의 결정적인 역사적 장면을 꼽으라면 주저 없이 한글 창제 프로젝트를 꼽겠다. 근대 공화혁명을 위해서는 많은 조건과 계기가 필요했지만 무엇보다 민중이 일상에서 쓰는 소리 언어와 문자 언어의 일치가 필요했다고 생각한다. 세종대왕의 천재성이 그 초석을 만들어 냈다. 가슴 벅찬 일이었다.

영국의 역사가 토머스 칼라일은 "종이와 인쇄가 있는 곳에 혁명이 있다"고 했다. 이 말에는 가장 중요한 요소가 빠져 있다. 지배층만의 문자가 아닌 모든 이의 문자가 더해져야 한다. 모든 이의 문자를 나는 '평등 문자'라 칭하겠다. 종이와 인쇄, 평등 문자, 이 세 가지 요소가 어우러졌을 때 저명한 언론학자 마셜 맥루한이 인간사의 혁명사에 대해 언급했듯이 정보에서 지식으로, 지식에서 문화로 이어지는 근대

혁명의 연쇄가 가능해진다. 평등 문자가 있을 때 평등 사회가 가능하다. 세종대왕은 한글이라는 평등 문자를 만든 것이다.

그러나 결과적으로 조선시대에 한글은 세종대왕의 뜻만큼 대중화되지는 않았다. 당시 지배층이었던 양반 사대부들은 자신들의 지배 수단이었던 한자를 좀체 포기하지 않으려 했다. 한자를 포기한다는 것은 자신들의 지배를 포기하는 것과 마찬가지였기 때문에 한글을 배척하고 폄하했다. 세종대왕의 한글 창제 프로젝트는 미완의 혁명, 반쪽 혁명으로 끝났다. 한글의 대중화를 위해서는 500년을 더 기다려야 했다.

나는 전문 용어로 '대체역사소설'을 쓰기로 마음을 먹었다. 사실대로의 역사가 아니라 세종대왕의 뜻대로 조선시대에 한글이 대중화됐을 때 조선의 역사가 어떻게 전개될지 상상력을 동원해 가상 역사소설을 쓰기로 작정한 것이다. 한글 창제라는 가슴 벅찬 프로젝트는 공화혁명이라는 가슴 벅찬 결과로 이어졌어야 한다는 바람으로 써내려갔다. 기간의 범위를 고려 말부터 조선 순조 때의 홍경래의 난까지 약 450년으로 잡았다. 그 첫 결실로 조선 중종 때의 최세진과 임꺽정의 만남까지의 이야기를 내놓는다. 후속작도 열심히 준비해 내놓도록 하겠다. 상상력을 동원해 사실과 다른 전개 과정을 쓰다 보니 역사 왜곡이 많을 수밖에 없었다. 이 점 불쾌하게 생각하는 분들이 있다면 너그러이 양해해 주시길 바란다.

정신없이 썼다. 다섯 달 만에 원고를 완성했다. 출판사에서 바로잡을 곳이 많아 무척 고생했을 것이다. 나는 이 소설에서 조선의 왕들을 묘호가 아니라 이름으로 적었다. 한글 앞에서 그들도 보통의 사람들과 다르지 않다고 생각했기 때문이다. 소설 출간을 기꺼이 허락해 준 '나무와숲'에 감사드린다.

이 소설을 고 노회찬 선배에게 바친다. 노회찬 선배가 남긴 족적은 여러 가지다. 그중 한 가지가 국회의원 배지에 적혀 있던 한자를 한글로 만든 것이다. 노회찬 선배의 한글 사랑의 결과였다. 덧붙여 소설 출간에 도움을 준 아내 김윤희, 소설 출간을 목이 빠져라 기다린 아들 성준에게 고맙다는 말을 전한다.

2023년 6월

홍웅표

차 례

책을 내며 • 6

1 지란지교 • 11

2 이방원, 또 다른 세상을 꿈꾸다 • 29

3 훈민정음의 탄생 • 57

4 정음이 일으킨 피바람 • 99

5 정치혁명가 최세진 • 165

조선 왕조 계보(1~11대까지)

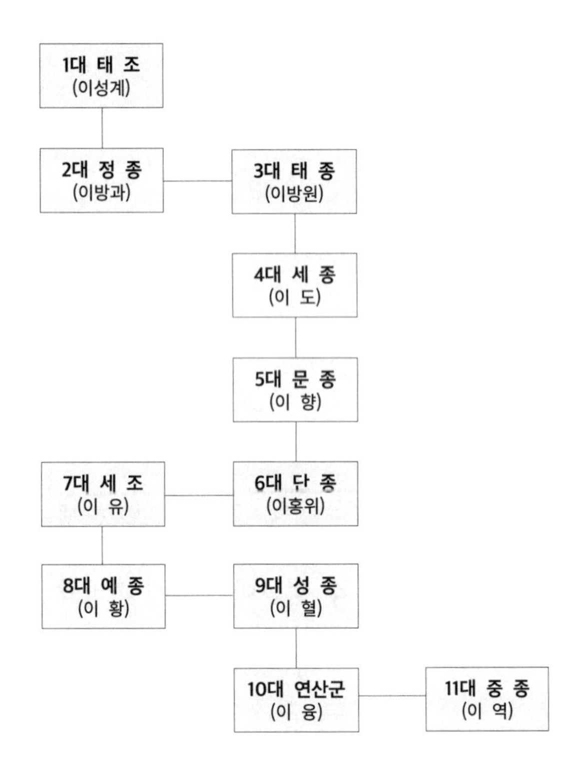

* 이 소설에서는 조선의 왕들을 묘호가 아닌 이름으로 적었기에 독자들의 이해를 돕기 위해 묘호와 함께 이름을 병기한 계보를 싣는다.

1
지란지교

지란지교

업동이는 저 멀리 원나라 땅에서 태어났다. 들리는 소문으로는 아비가 원나라 지방의 관리였으나 역모 사건에 휘말리자 야반도주를 해 걸식유랑을 하다가 압록강을 건넜다고 했다. 그들을 이성계 휘하의 병사들이 발견했고, 그날 이후 이성계 집안의 노비가 되었다고 한다. 말이 통하지 않아 번거로웠지만 워낙 부지런해 곧 주위로부터 인정을 받았다.

업동이 부모는 자신들의 유일한 피붙이인 아들의 이름을 업동이로 바꿨다. 업동이는 말을 배우는 속도가 유달리 빨랐다. 고려말도 빨리 배웠고, 부모에게 중국말을 배워 중국말도 할 줄 알았다. 업동이 부모가 고려말을 못 알아들으면 업동이가 통역을 했다.

그런데 얼마 지나지 않아 업동이 부모 둘 다 시름시름 앓더니만 업동이가 여섯 살 때 석 달 간격으로 저세상으로 가고 말았다. 이후 업동이는 이성계의 다섯째 아들이자 그와

동갑내기인 이방원의 몸종이 됐다.

함주(고려 시대의 함흥 지명)의 8월 날씨는 후텁지근했다. 여덟 살 방원과 업동이는 호련천 강가에서 시간 가는 줄 모르고 자맥질하느라 다른 생각을 할 겨를이 없었다.

지난 2월에 방원은 비명횡사할 뻔했다. 업동이가 옆에 없었더라면 죽음을 피할 수 없었을 것이다. 그때도 호련천이었다. 업동이가 아직 강 위 얼음이 단단하지 않으니 위험하다며 들어가지 말라고 몇 번 말렸다. 그런데도 객기가 동한 방원은 얼음 위를 지치다 얼음이 깨져 그만 강물에 빠지고 말았다.

업동이는 조금도 주저함 없이 강물에 뛰어들어 젖 먹던 힘을 다해 방원을 물가로 밀어올렸다. 방원은 혼절한 상태였다. 흠뻑 젖은 몸이 파리했다. 가슴을 눌러 물을 토해내게 해 간신히 숨은 돌아왔지만 좀처럼 깨어나지 않았다. 사람들을 불러오기에는 시간이 없다고 생각한 업동이는 웃통을 벗고 방원의 몸을 연신 비벼댔다. 그러다가 어느 순간 정신을 잃었다.

다행히 지나가던 사람들에게 두 아이는 발견됐다. 발견 당시 방원은 정신이 돌아와 눈을 떴는데 업동이는 눈을 뜨지 못했다. 몸은 차갑게 식어 있었다. 업동이는 사흘이 지나서야 눈을 떴다.

원기가 회복되자 업동이를 기다리고 있는 것은 무서운

체벌이었다. 방원이 물에 빠져 죽을 뻔했다며 마나님은 업동이의 종아리에 멈추라 할 때까지 매질을 하라 불호령을 내렸다. 방원은 업동이에게 죄가 없고 자신이 막무가내로 강에서 얼음을 지치다 당한 일이라 했지만 소용이 없었다.

업동이는 모든 것이 자신의 잘못이라며 매를 청했다. 가차 없는 매질에 종아리 가죽이 터졌지만 업동이는 눈물 한 방울 흘리지 않았다. 방원은 쉴 새 없이 방안에서 울며 소리쳤다.

"어머니, 업동이는 아무 잘못이 없습니다. 오히려 업동이가 저를 살렸습니다. 어머니 엉엉…."

그날 밤 방원은 업동이가 기거하는 초가를 몰래 찾았다. 방원은 문안으로 들어가지 못하고 문밖에서 "업동아, 괜찮냐? 미안하다, 미안해"라고 훌쩍였다. 업동이 어미가 나가 보니 방원이 말린 쑥을 두 주먹 가득 쥐고 있었다.

"이걸 물에 이겨 붙이면 빨리 나을 수 있대."

업동이 어미 눈에 눈물이 맺혔다. 안에서는 매질당하면서도 울지 않았던 업동이 엉엉 울어댔다.

두 아이가 강가 넓지막한 바위에 앉았다. 방원은 업동이에게 물었다.

"업동아, 내 궁금해서 묻는데 너는 왜 이름이 업동이야?"

"제 어미가 하나밖에 없는 자식놈 잘 업어 키우겠다며 이름을 업동이라고 지었답니다."

"난 형님들이 네 명이나 되고 동생 방연이도 있는데 너는 왜 혼자야? 그러면 외롭잖아."

"노비의 자식이 노비로 태어나는 게 안쓰러워 이놈 하나만 낳았다고 합니다."

순간 방원은 침울해졌다.

'왜 귀족의 자식은 귀족이고 노비의 자식은 노비여야 하지? 부모를 택해서 태어난 것도 아닌데? 이게 당연한 건가?'

방원이 물었다.

"넌 날 보면 뭐가 제일 부러워?"

"글을 배우고 책을 읽는 게 제일 부럽습니다."

"너도 배우면 되잖아?"

"제 어미가 그러는데 천한 놈들은 글을 배우면 안 된다고…."

방원의 마음이 더 무거워졌다.

"지란지교라는 말을 얼마 전에 배웠어. 지초와 난초의 향기처럼 향기로운 벗 사이를 지란지교芝蘭之交라고 한단다. 나와 너 업동이 사이는 누가 뭐라든 지란지교야. 알았지?"

"도련님, 별 말씀을. 어디 가서 그런 얘기 하시면 저 큰일 나요. 다시는 그런 말씀 하시지 마세요."

"다른 사람한테는 얘기 안 할 터이니 걱정 말아. 그렇지만 우리끼리는 지란지교인 거야. 영원히. 알았지! 그리고 글 배우고 싶다고 했지? 내가 틈날 때마다 가르쳐 주마."

"제가 어찌 감히…."

방원과 업동이의 약속

그날 이후로 방원은 업동이와 자주 집 밖으로 나갔다. 오봉산 중간쯤에 있는 너럭바위에 자주 올랐는데, 그때마다 방원은 천자문을 손에 들고 왔다. 바람을 쐬며 조용히 글을 익히겠노라고. 그리고 천자문의 글자 하나하나를 업동이에게 알려주었다.

업동이의 글을 깨우치는 능력은 놀라웠다. 방원 자신도 형님들에 비해 글을 익히는 속도가 빨라 수재라는 칭찬을 듣곤 했는데, 업동이의 속도는 혀를 내두를 정도였다. 흙바닥에 나무 꼬챙이로 두어 번 쓱쓱 글자를 쓰고 나면 잊어버리지 않고 기억했다.

"업동아, 너는 노비가 아니었다면 큰 인물이 되었을 거야."

"도련님, 그런 말씀 하시면 안 됩니다."

"너는 나보다 훨씬 머리가 좋아."

"그래 봤자 종놈인 걸요."

"내 앞에서 그런 얘기 하지 마. 기분이 좋지 않단 말야.

너는 나의 지란지교라고 했잖아."

업동이의 눈알 움직임이 빨라졌다. 뭔가 하고 싶은 말이 있지만 선뜻 꺼내지 못할 때 업동이가 보이는 버릇이다.

"너 뭔가 할 말이 있지? 해봐."

"제가 늘 글을 배우면서 궁금했던 게 있습니다. 왜 하늘을 하늘이라 하지 않고 '天천'이라고 쓰는 거죠? 말 그대로 하늘이라고 쓰면 더 쉬울 텐데 말입니다."

"중국에서 넘어온 한자라서 우리말과 다르기 때문이겠지."

"하늘 소리를 하늘 글자로 바로 쓸 수 있다면 글을 배우는 게 더 쉽겠다는 생각이 들었습니다."

"하늘을 하늘로 쓴다? 그러면 한자를 버리고 우리의 글자를 만들어야 되잖아."

"그러지 못할 이유가 없는 것 같아서 말씀드리는 것입니다."

방원의 머리가 번개를 맞은 듯 번쩍했다.

'우리 글자라. 한자가 아닌 우리 글자라….'

"업동아, 내가 약속하마. 나중에 내가 커서 뜻을 세우면 그때 우리 글자를 만들어 보자꾸나. 근데 너 약속해야 돼. 나랑 반드시 함께 만드는 거야. 알았지? 새끼손가락 걸어."

업동이는 엉겁결에 방원의 새끼손가락에 자기 새끼손가락을 걸었다.

정도전과 이방원의 만남

가을이었다. 들판에는 코스모스가 잔뜩 피어 있었다. 방원은 7년 전 개성의 둘째 어머님 댁으로 갔다. 작년에는 혼례도 올렸다.

올해 방원은 과거에 급제했다. 방원의 과거 급제로 함주 일대가 떠들썩했다. 며칠 동안 잔치판이 벌어졌다. 방원은 무예에서도, 글공부에서도 자기 형들보다 뛰어났다. 대대로 무인武人으로 이름을 날렸던 이성계 집안에서 방원의 과거 급제는 경사 중의 경사였다. 이성계 장군이 그렇게 기뻐하고 들뜬 모습을 업동이는 처음 보았다.

방원이 함주에 있는 부모님을 찾아뵈러 왔다. 이번에는 혼자 오지 않고 부인과 함께 왔다. 업동이의 기쁨은 이루 말할 수 없었다. 방원도 업동이를 보자 눈가가 촉촉이 젖어드는 것을 느꼈다.

방원은 웬 낯선 이가 아버지 이성계를 찾아왔다는 얘기를 업동이에게 들었다. 아버지와 밤을 새워 가며 긴한 얘기를 나눈다는 것이었다.

어느 날 아버지의 부름을 받아 가보니 낯선 이가 있었다. 업동이가 말한 그 사람일 것이다.

“방원아, 이리 와서 인사 올리도록 해라. 삼봉 선생이시다. 학식이 높은 경세가이시다. 내 너를 한번 만나 달라 염치없게 부탁했다.”

삼봉 정도전! 행색은 다소 남루한 편이었지만 눈빛이 날카로우면서도 형형했다.

“방원이라 하옵니다.”

“아버님에게 얘기 들었다. 기골이 장대하고 용모가 빼어나구나.”

이성계가 자리를 일부러 비워 주기 위해 나갔다. 삼봉 어른이 물었다.

“그래 열심히 학문에 정진하고 있느냐?”

“열심히 하고 있지만 늘 부족함을 느낍니다.”

“벼슬아치로서 어떤 일을 하고 싶은 거냐?”

“성인께서 말씀하시길, 정치에서 가장 중요한 것은 식량을 풍족하게 하고 군대를 충분히 기르는 것보다 백성의 믿음을 얻는 것이라 했습니다. 저는 백성의 믿음을 얻는 일에 충실하고 싶습니다.”

“훌륭하구나. 백성의 마음을 얻기 위해서는 어떠해야 한다고 생각하느냐?”

"감히 말씀드려도 되겠습니까?"

"마음 놓고 말해 보거라."

"모름지기 백성의 마음을 얻기 위해서는 백성이 자기 뜻을 말할 수 있는 언로言路가 있어야 하고, 군주는 백성의 마음을 하늘의 마음으로 여겨 다스림의 근본으로 삼아야 할 것입니다. 저는 그 언로를 만들고 잇는 일을 하고 싶습니다."

"그 언로를 원활하게 할 수 있는 요체가 무엇이더냐?"

"모든 백성이 글을 알고 자기 주장을 쉽게 글로 적어 펼칠 수 있는 방도가 있어야 할 것입니다."

순간 정도전의 눈에 불이 들어온 듯했다.

"아니 될 말이다. 천지우주 간에는 예라는 것이 있다. 예는 질서이고 신분의 차등을 전제로 하는 것이다. 네 말대로라면 천인도 글을 배워야 한다는 말이냐? 평민과 천인은 그들답게 소를 몰아 밭을 갈면 되는 것이다. 어찌 글이 필요하단 말이냐? 글을 배울 의무가 있고 글을 아는 사대부와 양반들이 백성의 언로가 돼 기록하고 왕에게 올리면 되는 것이다. 글을 배우지 않아도 되는 자들이 글을 배우는 것은 예에 어긋나는 것이고, 세상의 질서를 어지럽히는 것이니라. 다시는 그런 생각 하지 말거라."

방원의 마음에 반발심이 일었다.

'이 세상에 글을 배울 수 있는 자가 있고, 글을 배울 수 없는 자가 따로 있어야 한다는 말인가? 업동이는 종놈이지만 나보다 학문 하는 능력이 더 낫다. 왜 그런 업동이가 글을 배워서는 안 된다는 말인가? 나라를 위해서도 불행한 일 아닌가?'

업동이에게 닥친 비극

업동이는 여느 때와 마찬가지로 뒷동산에 올라 철퍼덕 자리를 잡았다. 업동이의 왼손에는 타다 남은 시커면 대추나무 숯덩이 조각이 들려 있었다. 업동이는 풀섶에서 책과 널빤지를 꺼내들었다. 책의 제목은『맹자』였다. 그동안 한 번도 보지 못한 책이었다. 뚝방길을 걷다 우연히 땅바닥에 떨어져 있는 것을 발견했다. 귀한 책을 왜 버렸나 싶었다. 업동이에게는 행운이었다. 그날 이후 틈날 때마다 책을 들춰 보았다.

民爲貴민위귀, 社稷次之사직차지, 君爲輕군위경.
백성이 가장 귀하고, 사직은 다음이며, 군주는 가장 가볍다.

이 대목이 업동이의 가슴을 쳤다. '백성이 가장 귀하고, 사직은 다음이며, 군주는 가장 가볍다.'

업동이는 널빤지에 정성스레 글씨를 써나갔다. 글씨를 쓸 때 업동이의 집중력은 대단했다. 뻐꾸기가 우는 소리조차 들리지 않을 정도였다.

글씨를 쓰다가 업동이는 문득 널빤지 위로 그림자가 드리워진 것을 깨달았다. 고개를 들자 멀리서 이성계 장군을 찾아왔다던 삼봉 어른이 보였다.

이성계 장군이 대청마루에 노기 띤 얼굴로 서 있었다. 마당에는 업동이가 무릎 꿇고 고개를 조아리고 있었다.

"네 이놈! 삼봉 선생에게 듣자 하니 네놈이 글을 익히고 있었다고? 종놈이면 너의 천직에 힘쓰면 될 터, 어디 감히 건방지게 몰래 글을 익히고 있던 게냐. 네놈은 글을 어디서 배웠더냐?"

"도련님들 어깨 너머로 훔쳐봤을 뿐입니다."

"이놈이 거짓말을 하는구나. 누군가 가르쳐 주지 않고는 배울 수 없는 법! 그게 누구인지 이실직고하지 못하겠느냐!"

"말한 대로이옵니다."

"안 되겠구나. 저놈이 이실직고할 때까지 몽둥이질을 해라!"

잠시 후 업동이의 매타작 소식을 들은 방원이 달려왔다. 업동이는 이미 피곤죽이 돼 있었다.

"아버님, 업동이가 무슨 큰 죄를 졌길래 이리하옵니까.

제가 소싯적 자랑삼아 업동이에게 글을 알려준 적이 있습니다. 업동이는 그저 재미로 따라했을 뿐입니다."

"너는 저리 가 있거라! 네가 변론할 일이 아니다."

옷이 온통 피로 벌겋게 물든 업동이가 신음 소리를 내며 말했다.

"도련님은 그저 글을 알려 달라는 제 간청을 못 이겨 들어준 것뿐입니다. 글을 알고 싶었습니다. 제 아비의 이름을 글로 적어 보고, 제 어미 이름을 글로 적어 보고 싶었습니다. 종놈도 생각은 하는지라 때로는 그 생각을 잊지 않기 위해 글로 기록해 놓고 싶었습니다. 이것이 진정 죄가 된단 말입니까?"

"사농공상의 질서는 천리를 따른 것이다. 그 하늘의 이치를 따라 사람의 도리가 만들어지는 것이다. 사람의 도리란 하늘의 이치를 따라 만들어진 신분에 맞게 제 역할을 하는 것이다. 종놈이 글을 익히는 것은 천리와 사람의 도리에 어긋나는 짓이다. 알아듣겠느냐?"

"옛 성현들은 백성이 가장 귀하다 하였습니다. 종놈은 백성이 아니옵니까? 귀한 백성이 글을 익혀 천리와 인도人道를 안다면 바람직한 일이 아닙니까?"

"보자보자 하니 저놈이! 종놈이 감히 천리와 인도를 입에 올리다니! 안 되겠다. 저놈이 아예 입을 놀리지 못하도록 만들어 버려라!"

"아버님, 노여움을 거두어 주십시오. 제발 노여움을 거두어 주십시오."

"뭣들 하느냐? 바로 시행하라!"

업동이의 입안으로 벌겋게 달궈진 숯이 들어갔다. 업동이의 비명 소리가 들렸다. 이제 업동이는 말을 하지 못할 것이다. 글을 익히려다 말을 빼앗긴 것이다. 방원은 주먹을 부서져라 쥐었다. 업동이는 옛날 그의 부모가 그랬듯이 아예 쫓겨나 유랑걸식하는 신세가 되었다.

'삼봉 선생의 밀고가 없었던들 업동이의 비극은 없었을 것이다. 글이라는 것이 어찌 권문세가의 귀족들과 사대부의 전유물이란 말인가. 백성이 글을 알고, 글을 써서 할 말을 전달할 줄 안다면 이 세상이 더욱 나아지지 않겠는가. 그것이 인仁을 이루는 길이지 않겠는가. 배움의 기쁨이 어찌 신분의 굴레에 갇힐 수 있단 말인가. 인도는 신분을 뛰어넘어 사람이라면 누구에게나 적용되어야 하는 것이 아닌가? 인도의 바탕은 민도民道여야 하지 않는가?'

업동이는 '民爲貴민위귀, 社稷次之사직차지, 君爲輕군위경' 이 열 글자를 쓰다가 저런 끔찍한 화를 당한 것이다.

방원의 가슴에 삼봉에 대한 원한이 불타올랐다. 그 원한은 삼봉을 넘어 아버지 이성계에게까지 가 닿았다.

'내 이 날을 잊지 않으리라.'

업동이, 영실을 낳다

업동이는 남쪽으로 방향을 잡았다. 이 고을 저 고을 떠돌며 유랑걸식을 하다가 동래현에까지 이르렀다. 운 좋게도 업동이는 동래현의 관노가 되었다. 비록 벙어리였지만 눈치가 빠르고 말귀를 잘 알아듣는 데다 우직해 좋은 평을 들었다.

동래현에 소속된 기생으로 매향이가 있었다. 매향이 업동이와 마주치는 일이 몇 번 있었다. 업동이는 골격이 좋은 데다 눈빛이 유달리 맑았다. 이목구비도 시원시원했다. 그런 업동이가 벙어리라는 것을 알았을 때 매향은 수수께끼 같았던 궁금증이 풀리는 것을 느꼈다. '너무 맑아 지독하게 슬프게 느껴지는 눈빛!' 언제부터인가 매향은 업동이에게 연정을 느꼈다.

어느 날 밤, 매향은 취기가 올라 있었다. 술자리에서 억지로 받아든 술잔을 홀짝이다 보니 여느 때보다 취해 있었다. 밤이 깊어 숙소로 가던 중, 대추나무 아래서 업동이와 마주

쳤다. 그날따라 달빛이 유난히 밝았다. 그 모든 달빛이 업동이의 눈동자로 쏟아져 들어간 듯했다. 업동이의 눈은 검은자가 없는 것처럼 보였다. 온통 흰자만 있어 보였다. 마치 수정 같았다. 그런데 그 수정이 온통 젖어 보였다. 말을 해야 했다. 그것이 오늘밤 자신의 운명이라 생각했다.

"업동아, 나 너의 안사람이 되고 싶어. 내 비록 기생이지만 업동이 너 하나만을 사랑하며 살고 싶어. 너의 자식을 낳아 행복하게 살고 싶어."

매향은 울부짖듯 말하며 업동이의 너른 품에 안겨 하염없이 울었다. 업동이도 눈물을 뚝뚝 흘렸다.

"어버버, 어버버."

매향은 가슴으로 그 말을 듣고 있었다. 업동이는 말하고 있었다.

'사랑해, 고마워.'

2년이 지나 업동이와 매향의 사랑의 열매가 열렸다. 사내아이가 태어났다. 업동이는 헝겊 조각에 한자 두 글자를 적었다. 매향은 깜짝 놀랐다. '업동이가 한자를 알다니!'

매향은 어느 주연 자리에서 옆자리에 앉은 양반에게 그 헝겊을 보였고, 드디어 그 글자의 소리를 알게 되었다.

영실英實. 그 양반이 말하길 '빼어나고 꽉차 있다'는 뜻이라 했다. 왜 그 글자에 대해 묻느냐 물었지만 영실이 그냥 좋은 글자라 들어 뭐라 읽는지 알고 싶었다고 둘러댔다.

'우리 아이의 이름이 영실이구나.'

그날 밤 매향이는 아이에게 젖을 물리며 백 번은 아이의 이름을 불러댔다.

"영실아, 우리 아가 영실아."

2

이방원, 또 다른 세상을 꿈꾸다

정도전, 이방원을 창업공신에서 제하다

세상이 바뀌었다. 위화도 회군 이후 이성계는 정국의 중심이 되었다. 남은 문제는 고려를 고쳐 쓸 거냐, 아니면 완전히 새로운 나라를 세울 거냐는 선택이었다. 이방원은 새로운 나라를 여는 것을 주저했던 아버지 이성계의 생각을 돌리기 위해 가장 큰 걸림돌이었던 정몽주를 죽였다. 선죽교에서의 정몽주의 비명과 함께 고려는 멸망했고, 조선이 건국됐다.

조선 건국은 왕씨 고려에서 이씨 조선으로의 역성혁명이었고, 불교의 고려에서 성리학의 조선으로의 체제 혁명이요, 문화 혁명이기도 했다.

시급한 과제 중 하나가 논공행상이었다. 이성계와 정도전은 개국공신 명단을 놓고 숙의하고 있었다. 이성계는 조선 건국 직후 공신도감功臣都監을 설치해 개국공신 명단을 추리고 있었다. 자타가 공인하는 일등공신인 이방원의 개국공신 포함 여부가 숙의의 주제였다.

"정안군이 개국공신에서 빠진다면 이의가 많지 않겠소?"

"삼강오륜은 부위자강父爲子綱, 부자유친父子有親이라 해서 부자 간의 근본 도리를 강조하고 있사옵니다. 목숨이 왔다 갔다 하는 창업의 대업일지라도 부위자강한 것이옵니다. 마땅히 따라야 할 인륜일진대 공신 운운하는 것은 적절치 않사옵니다. 게다가 어느 아드님은 넣고 어느 아드님은 뺀다면 그 또한 큰 분쟁의 원인이 될 것이옵니다."

"문하시랑의 말이 맞소. 그렇게 하는 것이 좋겠소."

정도전과 이방원의 논쟁 1

이방원이 정도전을 찾아뵙기를 청했다. 이방원이 정도전에게 물었다.

“왕자들을 개국공신에서 죄다 제한 이유가 무엇입니까?”

“부자의 인륜에 공을 논한다는 것은 적절하지 않습니다.”

“아바마마를 둘러싸고 이 나라를 권신權臣들의 나라로 만들기 위함입니까? 권신들이 왕을 바로잡아 왕도王道를 펼치기만 한다면 태평성세가 저절로 이루어진다고 보는 것입니까? 자칫 조선이 권신들의 나라가 될까 두렵습니다.”

“어찌 유교의 나라가 군신지의君臣之義로만 가능하겠습니까. 온 나라에 인의예지仁義禮智가 서야 가능할 것입니다.”

“인의예지의 나라를 세우려면 뭇 백성들의 교화가 필요할 것이오. 그렇다면 양반만이 학문을 할 것이 아니라 양인, 천인 구별 없이 모든 백성이 학문을 할 수 있어야 하지 않겠소. 땅을 일구는 자는 평생토록 땅만 일구어야 하고, 글을 읽는 자는 평생토록 글만 읽어야 하는 것은 아닐 것입니다. 대감께서는 종놈이 문자를 배우는 것은 예에 어긋난다고 했는데, 그렇게 되면 결국 사대부만이 문자를 독점해 이 나라를 군신의 관계 속에만 놓으려는 뜻이 아니겠소?"

정도전의 눈에 번갯불이 일었다.

'정안군 이자가 대체 무슨 생각을 하고 있는 것인가? 아직도 옛날 일로 억하심정을 버리지 않고 있단 말인가?'

"사람이 가르침이 없다면 금수와 가까워진다고 했습니다. 온 나라가 공맹의 도와 인륜을 따르게 하려면 만백성이 문자를 깨우쳐 읽을 줄 알고, 자기의 주장을 글로써 펼칠 수 있어야 하지 않겠습니까. 그 사람에 사대부와 양반만이 있는 게 아닐 것입니다. 내 듣자 하니 삼봉대감의 자당도 천인 출신이라 들었소만."

'정안군 이자는 위험한 자다. 나 정도전이 꿈꿔 왔던 새로운 나라에 너무나 위험한 자다.'

이방원과 정도전의 논쟁 2

조선 건국 후 개경의 지덕地德이 쇠했다는 중론이 모아져 한양으로의 천도에 착수했다. 도읍지 물색은 무학대사가 했지만 그 실행의 총책은 정도전이었다. 경복궁과 창덕궁을 지었고 도성의 성벽을 쌓았다. 도성을 드나드는 4대문도 만들었다. 정도전은 동쪽의 문을 흥인지문, 서쪽의 문을 돈의문, 남쪽의 문을 숭례문, 북쪽의 문을 숙정문으로 짓겠다고 임금에게 보고했다. 이 4대문 이름에 이방원이 이의를 제기했다.

"세상의 근본은 백성이라 하였습니다. 다스림의 요체는 위민爲民, 안민安民에 있다고 들었습니다. 우리가 혁명을 하고 새로운 나라를 창업한 것은 고려가 권문세족의 나라로 전락해 권문세족이 토지를 손아귀에 넣고 백성을 수탈해 도저히 위민의 이념을 펼칠 수 없었기 때문입니다. 흥인이니, 돈의니, 숭례니, 숙정이니 하는 것은 위민의 목적을 위한 수단이라 할 수 있습니다. 따라서 저는 숭례문 하나라도 위민문으로 하는 것이 좋겠다는 생각입니다."

"인의예지가 바로 서면 자연스레 위민이 되는 것입니다. 굳이 위민을 억지로 내세울 필요는 없어 보입니다."

"백성은 그저 불인지심不忍之心, 측은지심惻隱之心의 대상에 불과한 것입니까? 사람은 신분의 지위고하를 막론하고 모두 그 본성에 측은지심, 수오지심, 사양지심, 시비지심이 다 있는 것입니다. 백성도 학문을 해 갈고 닦아야 합니다. 위민에는 단지 임금의 선정善政 시혜 대상이 아니라 스스로를 위한다는 뜻도 함께 있을 것입니다. 그래야 제대로 된 위민의 세상이 되겠지요. 임금이 덕을 베풂과 동시에 백성들이 스스로 배워서 덕을 기를 수 있다면 그것이 태평성세의 방도일 것입니다."

"정안군의 생각대로라면 정명正名은 훼손되고 양인과 천인의 구별도 흐릿해지고 사농공상의 질서도 무너지게 될 것입니다. 사는 학문에 정진하고 농공상은 산업에 종사해야 하는 게 천리에 따른 분업이고 질서입니다."

"삼봉대감은 고려가 불교의 헛된 인과응보와 같은 잡변에 치우쳐 잘못을 바로잡지 않고 기존의 질서에 연연하다 무너진 것이라 했소. 삼봉대감의 논변대로라면 유교의 나라가 자칫 권신과 관료의 나라, 사대부의 나라가 되어 어느 때부터는 위민의 정신이 사라지고 기존의 질서에 갇혀 또 다른 잡변의 나라가 되지 않을까 걱정하지 않을 수 없습니다. 삼봉

대감이 생각하는 조선은 백관百官의 나라입니까, 백성百姓의 나라입니까? 내 이 말을 마지막으로 다시는 이 문제에 대해 재론하지 않겠소."

'위험하다. 역모의 마음을 품고 있구나. 이자를 죽이지 못하면 내가 죽겠구나.'

이방석의 세자 책봉

이성계와 정도전이 세자 책봉 문제로 심각한 논의를 하고 있었다. 이성계는 내심 현비顯妃 강씨와의 사이에서 낳은 막내아들 방석에게 뜻이 있었다. 이성계는 개성의 권문세족이었던 강씨 집안의 조력이 없었더라면 오늘날 임금의 자리에 오르지 못했을 것이다. 이성계에게 강씨야말로 개국 일등공신이었다.

1년 전 이성계의 첫부인 절비節妃 한씨가 세상을 등졌다. 그 빈자리를 현비 강씨가 훌륭하게 채워 주었다. 이성계와 현비는 무려 스물한 살의 나이차가 났다. 그 나이차는 이성계에게 불편함이라기보다는 늘 생동감을 불러일으키는 것이었다. 아내가 사랑스러울수록 그 아내와의 사이에 낳은 늦둥이 아들들과 딸도 사랑스러웠다. 특히 막내아들 방석은 똑똑하다는 칭찬이 자자했다. 예전에 방원이 그랬듯이. 이제 열한 살이 된 방석은 눈에 넣어도 안 아픈 자식이었다.

이성계가 조준에게 방석을 세자로 책봉할 뜻을 비치자

반대했다. 이왕이면 적장자인 방과를 세우는 것이 맞으나 굳이 현비와의 사이에 태어난 왕자를 세자로 세울 거라면 맏이인 방번이 왕위를 이어야 한다는 것이었다. 그러나 방번은 방석에 비해 지혜롭지 못했고 거칠었다. 최종적으로는 정도전과 상의해 결정할 문제였다. 삼봉은 방번과 방석의 스승이기도 했다.

"조선의 첫 세자를 책봉해야 하는데 간단치가 않소. 적장자로 왕위를 계승해야 한다면 영안군(이방과)을 책봉하는 것이 원칙인데 삼봉의 생각은 어떠하오?"

"조선은 앞으로 태평성세를 구가하는 문치文治의 나라가 되어야 합니다. 첫 왕후와의 소생들은 혁명 과정에서 칼맛과 피맛을 본 분들입니다. 문치의 조선에 알맞지가 않습니다."

"그러면 무안군(이방번)을 세워야 하지 않겠소?"

"조선은 이제 막 창업을 했습니다. 아직 반석 위에 서 있지 않습니다. 갖춰야 할 것이 부지기수입니다. 반석에 세우려면 가장 현명한 이가 세자가 되어야 합니다. 제가 지켜본 바로는 무안군보다는 막내아드님인 의안군이 적합합니다."

"무엇보다 정안군이 걱정이오. 그놈은 문무를 겸비한 데다 야망까지 큰 무서운 놈이오. 적장자 원칙 훼손을 빌미로 심하게 반발할 것이 뻔하오."

"폐하, 정안군은 위태롭습니다. 정안군은 숭유崇儒의 나라가 아니라 그 너머의 세상을 꿈꾸고 있습니다. 천인들도 학문을 하는 나라를 주장하고 있습니다. 그건 임금과 신하, 사대부의 나라가 아니옵니다. 잘못하면 위와 아래가 전도되고 어짊과 덕이 혼란스럽게 됩니다. 임금은 임금다워야 하고 신하는 신하다워야 하며 양인은 양인다워야 하고 천인은 천인다워야 하는 것입니다. 대인이 할 일이 있고 소인이 할 일이 있는 것입니다. 그것이 하늘이 정한 이치입니다. 빨리 의안군을 세자로 세운다면 정안군도 어찌할 방법이 없을 것입니다."

이방석을 세자로 옹립한다는 소식에 이방원은 냉소를 보이며 속으로 생각했다.

'정도전, 이자가 조정을 농단하기 위해 만만한 방석을 세자로 세우려 하는구나. 왕을 허수아비로 만들고 자신이 왕노릇을 하려는 것이 아닌가. 내 가만있지 않을 것이다.'

이방원의 의심

명나라를 세운 주원장은 고려 말처럼 요동 정벌을 위한 거병이 또다시 재현될 수 있다는 의심을 지우지 않고 있었다. 원나라 세력은 북쪽으로 쫓겨갔지만 여전히 잔존 세력이 굳건했고, 요동의 동부는 여전히 여진족의 소굴이었다. 이런 틈을 타 조선이 또다시 요동 정벌에 나설 가능성이 있었다. 의심은 사실로 굳어졌다. 간자들의 첩보에 따르면 정도전의 주도로 요동 정벌을 위한 군사 움직임이 있다고 했다.

명나라는 조선 길들이기에 본격 착수했다. 조선에서 가져온 표전문의 글귀를 문제삼아 거듭 그 표전문을 쓰고 다듬은 정탁과 정도전의 압송을 강하게 요구했다.

이에 반발해 정도전은 측근 남은 등과 함께 요동 정벌을 서둘렀다. 정도전은 거병을 위한 군사를 모은다는 것을 빌미로 왕자들과 개국공신들이 거느리고 있던 사병私兵 혁파를 강하게 부르짖었다.

이방원은 처음에는 요동 정벌이라는 거짓 허울로 왕과 세자를 꼬드겨 왕자들의 사병을 해산하려 한다는 정도로 의심했다. 그러나 위화도 회군 당시를 떠올리며 몸을 부르르 떠는 단계로까지 의심이 나아갔다. 정도전이 위화도 회군 때처럼 군대의 말머리를 돌려 재차 역성혁명을 하려는 흉계를 가슴속에 품고 있다는 의심을 하기에까지 이른 것이다.

'안 된다, 안 돼. 어떻게 세운 조선인데…. 정도전 이자가 정씨의 나라라는 망상을 갖고 있지 않고서야 어찌 이럴 수 있다는 말인가. 이놈이 취중에 한고조가 장자방을 쓴 것이 아니라, 장자방이 한고조를 쓴 것이라 씨부렸었다. 천인공노할 역심이다. 더 이상 미룰 수 없다. 내 이놈을 도륙하리라.

주나라 유왕이 신나라 출신 왕후를 얻어 의구를 낳고 그를 태자로 삼았다가 다시 포사를 얻어서 백복을 낳았는데, 포사를 편애해 신후를 내쫓고 의구를 폐위했다고 했다. 방석이 세자가 된 것이 이와 같은 것이다. 아바마마를 도와 혁명의 칼바람을 마다하지 않았던 내가 아니라 요람에 곱게 싸여 자라난 방석이 세자가 된 것이 말이 된단 말인가. 단지 아바마마가 포사와 같은 후처의 농간에 놀아난 것이 아닌가. 내 이를 바로잡으리라.'

정도전의 최후

정도전은 판사 민부의 집에 숨어들었다가 결국 발각되었다. 민부의 집 마당으로 끌려나와 무릎이 꿇려졌다. 이방원은 말에 타고 있었다. 정도전이 이방원을 매섭게 노려보며 입을 열었다.

"이방원 이놈! 네 어찌 이런 극악무도한 일을 자행하는 것이냐?"

"임금을 기망하고, 어리숙한 방석을 세자로 세워 조정을 농단하는 것도 모자라 끝내 역심을 품은 네놈을 가만둘 수는 없는 것 아닌가."

"내 목숨을 걸고 혁명에 동참했고, 조선을 반석에 세우기 위해 잠을 아꼈다. 그런데 어찌 이런 짓을!"

"네놈이 세우려는 나라가 무엇이더냐. 왕도를 빙자한 신도臣道의 나라요, 나아가 네놈이 왕이 되는 나라를 꿈꾼 것 아니더냐?"

"이방원, 네가 꿈꾸는 나라가 대체 무엇이더냐?"

"왕도와 민도가 이우러지는 대동세상이다. 항산항심恒産恒心에 그치는 세상이 아니라 항학항심恒學恒心의 세상이다. 누구나 글을 깨우쳐야 교화가 있고, 교화가 있어야 덕을 쌓을 수 있는 게 아니겠는가. 너는 양반만이 학문을 할 수 있어야 한다고 했다. 천인도 배우면 군자가 될 수 있어야 한다. 어찌 군자가 신분의 굴레에 갇혀 있어야 한단 말인가?"

"이방원 네놈은 묵적의 요설을 주장하는 것이다. 인애仁愛에도 차별이 있어야 한다. 그것이 공맹의 예의이고 폐하와 내가 꿈꿨던 조선의 도덕이다. 네가 생각하는 나라는 인의가 무너지고 신분이 무너지는 무질서의 나라일 뿐이다. 허상이니라."

"끝까지 입을 놀리는구나. 잘 가거라! 네놈은 조선에 있어서는 안 되는 놈이다. 내 옛정이 있어 마지막 소원만은 들어주겠다."

"시 한 수 읊고 싶구나. 그 후에 칼을 맞을 것이다.

마음을 보존하고 성찰하기에 한결같이 공력을 다 기울여
서책 속 성현의 교훈 저버리지 않았다네
삼십 년간 세월 쉬지 않고 고난 속에 쌓아온 업적
송정에 한번 취하니 모두 허사가 되었구나."

이방원이 소근에게 눈짓을 했다. 소근의 시퍼런 칼이 정도전의 목을 쳤다. 방원은 업동이의 한을 이제야 풀었다 생각했다.

외척 민씨들의 제거

이방원은 왕위에 올랐지만 내내 울적했다. 왕이 되기 위해 많은 이들을 죽였다. 형들을 죽였고 배다른 아우들을 죽였다. 맏형을 억지로 왕위에 오르게 했고 사실상 폐위를 하고 왕의 자리를 이었다. 불가피했다지만 이러한 과정에서 아버지 이성계에게 큰 불효를 저질렀다.

이 모든 악업은 이제 단절돼야 한다. 무엇보다 장자張子를 세자로 세우는 전통을 이제부터라도 흔들리지 않고 세워야겠다는 다짐을 했다. 장자 양녕을 세자로 책봉했다. 양녕은 어릴 적 영리해 시詩와 서예에 재능을 보였다.

세자가 열세 살이 되었다. 세자빈을 간택해야 한다는 중신들의 의견이 높아지고 있었다. 세자를 편전에 불렀다.

"세자, 그동안 학문에 정진했느냐? 세자가 생각하는 나라의 근본은 무엇이더냐?"

"임금의 보배는 셋이 있는데, 토지와 백성과 정치라 한다고 들었습니다."

"그 세 가지 보배 중에 무엇이 가장 중하다고 보느냐?"

"임금의 도는 천명天命을 따르는 것이고, 그 천명의 밝은 빛에 따라 나라를 다스리는 것이 정치의 요체라고 생각합니다."

"옛말에 백성이 귀하고 사직은 그다음이며 왕은 하찮다 했다. 이 말의 뜻이 무엇이냐?"

"그건 맹자의 생각에 불과하다고 생각하옵니다. 어찌 지존인 왕이 하찮다 할 수 있겠습니까? 왕이 귀하고 사직이 다음이며 백성이 하찮다는 것으로 바로잡아야 한다 생각하옵니다. 현명하고 재능 있는 신하의 정성스러운 보필이 있어야 예에 맞게 인의를 펼칠 수 있을 거라 배웠사옵니다."

"무슨 말을 하는 게냐? 백성이 귀하다는 것은 나라의 근본이 백성이라는 것이다. 왕이 나라의 근본이 아니다. 왕도라는 것이 임금의 자리를 지엄하게 하고, 사직을 견고하게 하는 데 있는 것이 아니다. 백성을 편안하게 하고 온 백성이 덕을 알고 덕을 실행하도록 하는 것이 왕도의 목표인 것이다. 네 어디서 그런 말을 들었느냐?"

"어릴 적 외가에서 생활할 적에 외숙들이 저에게 누누이 강조했던 말입니다."

이방원의 얼굴이 굳어졌다.

'이 민가 놈들이 세자를 잘못된 길로 안내했구나. 삼봉의 생각과 뭐가 다르단 말인가.'

이방원이 이른 아침에 근정전으로 세자와 모든 조신들을 불렀다. 이 자리에서 이방원이 선위의 뜻을 밝혔다. 세자와 조신들은 연신 '아니 되옵니다'라고 외쳤다.

이듬해 의안대군 이화가 민무구, 민무질 등이 외척으로 교만하고 방자하다며 탄핵을 주장하는 상소를 올렸다. 이화는 조카 이방원이 정몽주를 살해할 때 적극적으로 협력했는데, 이제 세자의 외숙들을 제거하는 일에 총대를 멘 것이다.

민무구, 민무질, 민무휼, 민무회 4형제는 결국 모두 저세상 사람이 되었다. 왕후를 생각하면 마음이 아팠지만 어쩔 수 없는 선택이었다. 세자를 잘못 인도한 죄!

충녕군 이도

이방원이 셋째아들 충녕군 이도를 근엄하지만 따뜻한 눈빛으로 바라보며 물었다.

"옛말에 백성이 귀하고 사직은 그다음이며 왕은 하찮다 했다. 이 말의 뜻이 무엇이더냐?"

"백성이 나라의 근본이요, 사직의 근본임을 성현께서 강조하신 말씀이라 생각하옵니다. 왕도란 그 근본을 잘 새기고 그 위에서 펼쳐야 하는 것이라 생각하옵니다."

"그래, 어떻게 펼쳐야 하느냐?"

"백성의 양식과 마음이 모두 풍요로워져야 할 것입니다. 콩과 조가 물과 불처럼 충족한데도 백성 중에 어떻게 어질지 못한 자가 있겠는가 했습니다. 먼저 굶주리고 헐벗는 백성이 없어야 할 것입니다. 『시경』에 이미 술로써 취하고 덕으로 배부르다 했습니다. 덕으로 배부르기 위해서는 백성이 배움에 충실해 마음을 갈고 닦아야 할 것이라 생각하옵니다. 배움에는 신분의 고하, 직무의 귀천이 있어서는 안 된다고 생각하옵니다. 성현의 도는 양반에게도, 천인에게도 모두 비춰져야만 진실로 백성이 나라의 근본이 될 것이라 생각하옵니다."

이방원은 속으로 쾌재를 불렀다. 충녕은 부모에 대한 효심도 남달랐다.

'도야말로 왕의 자질을 갖추고 있지 않은가!'

폐세자

세자 양녕의 무도함이 날로 더해 갔다. 무뢰배들과 어울려 궁궐의 담을 넘고 주색을 탐하고 서연을 소홀히 한다는 말이 끊이질 않았다. 외숙들의 죽음 이후 그 정도가 더 심해지고 있었다. 이에 더해 이방원의 거듭된 양위 소동을 세자는 자신을 일부러 말려 죽이려는 의도로 받아들이고 있었다.

'아바마마는 내가 세자 자리에서 물러나길 바라고 있는 것이다. 충녕을 마음에 두고 있는 것으로 보인다. 내 아바마마의 뜻을 따를 것이다.'

이방원은 세자의 일로 근심이 컸다. 세자 이전에 아들 셋을 낳았지만 모두 어린 나이에 요절했다. 이방원 나이 스물여덟, 왕후 나이 삼십에 낳은 세자는 그래서 사실상의 맏아들이었다. 금지옥엽이야 키운 세자였다. 한때는 양녕의 왕자 시절, 세자를 절대적인 위치에 올리기 위해 명나라 영락제 딸과의 통혼을 추진하기도 했다.

이방원은 왕위에 오르기 위해 이복동생인 세자 방석과 방번을 죽였다. 그리고 형 방간을 칼로 제압했다. 정도전과 남은 등 무수한 개국공신도 죽였다. 형 방과를 허수아비 왕으로 세웠다가 사실상 폐위시켰다. 아버지 이성계에게는 이 모든 것이 패륜이었다. 죄업이라면 죄업이었다. 여기서 죄업을 끊어야 한다고 다짐하고 또 다짐했었다. '폐세자만은 하지 않으리라!'

그런데 세자의 악행이 어리라는 이름을 가진 대신의 첩을 납치해 궁궐로 들이는 일에까지 이르렀다. 이번에도 이방원은 용서하마 생각했다. 세자에게 반성문을 받는 것으로 끝냈다.

그러나 세자는 다시 어리를 궁으로 불러들였고, 심지어 아이까지 갖게 했다. 이번에도 이방원은 용서하리라 입을 앙다물었다.

세자가 이방원 앞으로 글을 올렸다. 절절한 반성의 글이라 생각했는데 기대는 완전히 빗나갔다.

'아바마마는 수많은 후궁을 거느리시면서 왜 저는 어리 한 명도 거느리지 못하게 하시는 것이옵니까!'

반성이 아니라 항변과 아비에 대한 조롱의 글이었다.

'내가 아바마마에게 저지른 패륜의 업보를 이제 내 아들로부터 받는 것인가.'

이방원은 세자를 폐위하고 충녕을 세자로 책봉했다. 그날 밤 이방원은 왕후를 옆에 두고 새벽까지 목놓아 울었다.

"아바마마, 제가 지은 죄가 큽니다. 제야, 네가 어찌 이렇게 아비의 마음을 찢어지게 한단 말이냐. 왕후! 후세에 나는 어떤 사람으로 기억되겠소? 괴물로 기억되지 않겠소?"

며칠 후 이방원은 태조 이성계의 묘인 건원릉을 찾았다. 왕후만 남게 하고 모두 능 밖으로 물러나게 했다. 이방원과 왕후는 털썩 바닥에 주저앉아 아버지 이성계에게 용서를 빌었다. 이방원은 눈물을 떨구며 자신의 가슴을 내리쳤다.

"제가 지은 죄가 크옵니다."

이방원과 업동이의 감격스러운 재회

이방원은 오래전부터 자신에게 약속했다. 업동이와 반드시 재회하겠다고. 지신사를 불러 밀명을 내렸다. 무슨 수가 있더라도 업동이를 찾아 데려오라고. 한 달하고 사흘 만에 업동이를 찾았다 했다. 동래현 소속 관노로 있고, 결혼해 사내아이를 낳았다 했다.

보는 눈을 피해 야심한 밤에 업동이 가족을 궐내로 들이라 했다. 드디어 업동이 가족을 만났다. 이방원의 두 눈에서 눈물이 쉴 새 없이 주르륵 흘렀다.

"내 지란지교, 이 네 글자를 잊은 적이 없다. 나의 지초 업동이가 왔구나. 업동이가 이제야 왔어."

업동이는 몸둘 바를 모르겠다는 듯 바닥에 엎드려 있었다. 업동이도 울고 있었다. 방바닥에 눈물이 고였다.

이방원의 나이 지천명知天命을 지났다. 머리가 새하얗게 셌다. 업동이는 패랭이를 쓰고 왔다. 패랭이를 벗는 순간 흰 머리칼이 듬성듬성 보였다. 손은 두툼했고 쩍쩍 갈라져 있었다. 그간의 고생을 짐작할 수 있었다.

업동이에게는 20대의 장성한 아들이 있었다. 이름이 영실이라 했다. 업동이의 처와 자식을 눈으로 보게 된 것이 기쁨을 더하게 했다. 영실이는 생김 자체에 영특함이 드러나 있었다.

업동이는 삼봉의 고변 이후 벙어리가 됐다. 업동이와의 대화는 새벽닭이 울도록 계속됐다. 영실이가 아비 업동이의 손짓을 읽어 이방원에게 말로 전달했다. 이방원은 이 과정이 낯설었지만 놀랍기도 했다. 영실에게 물었다.

"지금 네 아비가 하는 저 손동작이 무엇이냐?"

"아버지와 저는 이걸 수어手語라 부르옵니다. 아버지와 저의 빠른 대화를 위해 손짓으로 소리를 대신하기 위해 만들었습니다."

"거참 신기하구나. 네가 만들었느냐, 아버지가 만들었느냐?"

"아버지가 만들었습니다. 말을 잃으시기 전 소리가 날 때 혀의 모양을 본뜨고, 소리가 어금니에서 나는지, 이 사이에서 나는지, 목구멍에서 나는지, 혀에서 나는지, 입술에서 나는지, 입천장에서 나는지를 따져 만들었다고 합니다. 예로 임금님이라 할 때는 왼손 엄지와 검지로 동그라미 모양을 만들고, 다음으로는 오른손 검지를 펼쳐 'ㅣ'를 만들고, 마지막으로 오른손 엄지와 검지로 네모 모양을 만들어 '임'을 표현합니다. 그다음 오른손 엄지와 검지를 이런 식으로 해 ‘ㄱ’ 모양을 만들고 왼손 엄지로 ‘으’ 모양을 만들고 다시 오른손 엄지로 네모 모양을 만들어 ‘금’을 나타냅니다. 마지막으로 왼손 엄지와 검지로 ‘ㄴ’ 모양을 만들고 다시 왼손 엄지로 ‘ㅣ’를 만들고 마지막으로 오른손 엄지와 검지로 네모 모양을 만들면 ‘님’이 됩니다. 이걸 빠른 손짓으로 하면 임금님이 되는 것이지요. ㅋ로 할 때는 검지 끝마디를 한 번 까딱하고 ㄲ로 할 때는 두 번 까딱하면 됩니다. 한자는 수어로 전달하기가 어렵지만 이런 식으로 하면 우리의 말소리를 빨리 전달할 수 있습니다.”

업동이 가족과 눈물의 해후를 마친 후 이방원은 도저히 눈을 부칠 수 없었다. 업동이의 손짓, 영실의 설명이 뇌리에서 떠나지 않았다.

‘만일 조선의 소리를 한자가 아니라 조선의 문자로 나타낼 수 있다면 이 얼마나 대단한 일인가. 내 어릴 적 업동이와 때가 되면 함께 우리 글을 만들자 약속하지 않았던가.’

이방원은 영실의 수어를 정리한다면 조선만의 문자를 만들 수 있겠다는 생각에 미치자, 도무지 잠을 이룰 수 없었다.

‘백성이라면 누구나 쉽게 조선의 글을 깨우쳐 도를 배울 수 있게 되리라.’

이것은 감격스러운 흥분이었다.

이방원은 다음날 지신사에게 업동이 가족을 면천하고 사대문 안에 토지와 거처를 마련해 주라 명했다. 그리고 장씨 성을 하사할 것이라며, 상의원에 영실의 자리를 만들어 주라 했다.

며칠 후 이방원이 장영실을 은밀히 불렀다. 수어의 원리를 책으로 정리해 올리라고 했다.

영실은 각고의 노력 끝에 『수어해례』란 제목의 책을 엮어 올렸다. 이방원이 영실에게 말했다.

"네 아비는 나의 지란지교이면서 동시에 나의 지음知音이니라. 나는 백아이고 네 아비는 종자기니라. 내 그리 말하더라고 네 아비에게 전하거라."

영실은 이방원의 말을 업동이에게 전했다. 업동이는 궁궐 방향으로 엎드려 절하더니 어깨를 들썩이며 하염없이 울었다. 짐승이 울부짖듯이 계속 울어댔다. 말은 안 했지만 영실의 마음에는 그 소리가 들렸다.

'성은이 망극하옵니다. 성은이 망극하옵니다.'

3

훈민정음의 탄생

이방원의 선위

이방원이 또 선위하겠다는 뜻을 밝혔다. 충녕의 세자 책봉 한 달 만에 일어난 일이었다. 네 번째였다. 앞선 세 차례의 선위 사건은 폐세자를 불러왔고 왕비의 민씨 남동생들을 몰살시켰다. 이방원의 입에서 흘러나온 선위 두 글자는 모든 사람을 공포의 도가니로 몰아넣었다. 세자 충녕과 대신들은 부복하고 눈물을 흘리며 연신 "거두어 주시옵소서"를 외쳐야 했다.

그런데 이방원의 의지가 확고했다. 다만 세자가 모든 국정을 당장 장악하기 힘드니 선위하더라도 당분간 병권만은 갖고 있겠노라 했다. 이방원의 선위 뜻이 진심이었던 것이다.

그날 밤 왕과 세자가 한자리에 앉았다. 이방원은 충녕이라 부르지 않고 '도'라 불렀다.

"도야, 너는 충분히 이 나라 조선의 성군이 될 자질을 갖추고 있느니라."

"아바마마, 과찬이옵니다. 몸둘 바를 모르겠사옵니다."

"아비는 너무 많은 피를 보았고 흘리게 했다. 혁명으로 고려를 무너뜨리고, 내가 꿈꾸는 조선의 기반을 만드는 과정에서 불가피하게 많은 이들을 죽여야 했다. 네 할아버지 태조 대왕께도 불효를 저질렀다. 네 형 양녕을 폐세자해야 했다. 너를 세자로 세우고 나니 비로소 나의 악역이 이제 끝났다는 안도를 하게 되는구나."

"아바마마, 저는 아직 여러 가지로 미욱하옵니다."

"아니다. 앞으로 조선의 역사는 도 네가 왕이 되기 전과 왕이 된 후가 완전히 다르게 쓰여야 한다. 그리될 것이다."

"아바마마의 기대에 한 치도 어긋나지 않도록 정진하겠사옵니다."

"현자는 자기의 밝음으로 남을 밝게 하고, 소인은 자기의 어두움으로 남을 밝게 한다 했다. 도 너야말로 너의 밝음으로 만백성을 밝게 해야 하느니라. 이 아비의 어두움으로 너를 밝게 할 수 있다면 그리하는 데 주저함이 없어야 한다."

"어찌 저에게 불효하라 말씀하십니까. 그럴 일은 결코 없을 것이옵니다."

"도야, 중용에서는 하늘의 명령이 인간과 만물에 내재한 것이 본성이며, 그 본성을 따르는 것이 바로 도이고, 그 도를 따르기 위한 수양의 방침과 도구가 바로 가르침이며 문명의 내용이라고 했다. 그럴진대 가르치고 배우는 것이 어찌 사대부와 양반의 전유물이라 할 수 있겠느냐. 성性은 천명이 사람에게 있는 것이라 했다. 양반도 평민도 천민도 하는 일이 다를지언정 그 천명의 발현인 성은 모두에게 있는 것이다. 문명은 만백성의 성을 일깨우고 드러내게 하는 것이 요체이니라."

"명심하겠사옵니다."

"나는 아주 오래전부터 사농공상, 천인 모두가 글을 깨우쳐야 한다 생각했다. 그런데 우리가 쓰는 한자는 그 수가 많을 뿐만 아니라 우리 조선 사람의 말을 담아내는 데 한계가 있다는 걸 절감했다. 그러던 차에 내 귀인을 재회해 그 방법을 찾게 되었다. 내 이 서책을 너에게 전한다. 상의원에 장영실이라고 내 귀인의 자식이 있느니라. 그 아이가 이 서책을 지었다. 이 서책에 우리 조선말을 조선의 글자로 만드는 비결이 담겨 있다. 네가 왕이 되면 장영실의 도움을 받아 우리 조선의 글자를 만들어야 한다. 이것이 오늘 내가 너를 긴히 부른 이유이다."

이방원은 세자에게 『수어해례』를 전했다.

자선당 침소에 든 충녕은 도무지 잠을 이룰 수가 없었다.

'우리 문자라. 우리 글이라.'

이도와 장영실의 첫 만남

이도가 장영실을 불렀다. 장영실은 상의원에서 잔심부름과 허드렛일을 하고 있다 했다. 상의원에 장영실에 대해 물으니 하나를 배우면 열을 알고 응용이 뛰어나다 했다. 수數와 산算에 밝고 천문에도 능하다 했다. 장영실을 천재라는 두 글자 외에는 딱히 표현할 방법이 없다 했다. 손재주 또한 남다름이 있다 했다. 동래현 관노로 있을 때 큰 가뭄이 들자 수로를 파게 해 먼 곳에서 물을 끌어오고, 수차水車라는 걸 발명해 물을 끌어들여 그 가뭄을 해결했다고 했다. 나이는 마흔 언저리로 보였다. 그런데도 얼굴이 참 해맑아 보였다.

“네가 영실이냐? 상왕 폐하로부터 너에 대해 들었다. 네가 『수어해례』를 지었다고?”

“그러하옵니다. 제 아비에게 배워 해례를 지었사옵니다.”

“내가 이 책을 꼼꼼히 보니 이 수어의 원리를 응용해 문자를 만드는 일이 가능함을 깨달았다. 한자는 그 수가 수천에 달해 사대부라도 깨우치기가 쉽지 않다. 옛 선조들은 이두나

행찰을 썼는데 우리 말소리와 같은 한자를 따다 쓴 것이라 이 또한 번거롭기가 이루 말할 수 없었다. 그러나 이 해례의 원리대로라면 자모 개수가 서른 남짓이면 뭐든지 말소리를 글자로 표현할 수 있을 것 같구나."

"그리 말씀하시니 감읍할 따름입니다."

"내 상왕 폐하로부터 조선의 문자를 만들어야 한다는 당부를 들었다. 너와 함께 그 대업을 하라 이르셨다. 너는 나의 창업 동지이니라."

"백골난망이옵니다."

"너에게 벼슬을 내리겠다. 내가 부르면 누구의 눈에도 띄지 않고 오도록 해라. 너는 오늘부터 해야 할 일이 있다. 주자께서는 말소리의 이치를 안 후에 만물의 이치를 깨달을 수 있었다 하셨다. 말소리의 이치를 만드는 일에 착수해야 한다. 한자의 소리를 연구하는 학문을 성운학이라 일컫는다. 그리고 한자의 운韻을 분류하여 순서대로 배열한 서책을 운서라 한다. 수나라 때 편찬한 절운, 북송 때의 광운, 원나라 때의 '운부군옥' 등이 있다. 또한 한자음의 체계를 도표로 나타낸 운도라는 것이 있다. 이 모든 것을 섭렵해야 한다. 몽골어, 말갈어 등도 닥치는 대로 조사해야 한다. 그래서 조선 글자의 제자 원리를 정리해야 한다. 알겠느냐?"

"분부대로 거행하겠사옵니다."

이도는 장영실에게 상의원 별좌 벼슬을 내렸다.

이방원과 업동의 죽음

이방원은 선위 이후 급격히 몸이 쇠약해졌다. 왕의 자리를 물려준 4년 뒤 병석에 눕는 일이 잦더니만 드디어 어의의 입에서 승하라는 말이 나왔다. 이도는 이방원에게 달려갔다. 이방원의 모습은 이미 반은 저세상 사람처럼 보였다.

"주상, 태조대왕부터 이 아비까지는 조선의 겉을 만들었다 할 수 있소. 이제 주상께서 조선의 속을 채워야 하오. 내 오늘 같은 날을 예상해 4년 전 정신이 맑을 때 주상께 당부했던 것이었소. 부디 나의 당부를 이뤄 주기 바라오. 마지막 부탁이 있소. 영실을 잘 부탁하오."

이방원이 파란만장했던 현세에서의 마지막 숨을 들이마셨다. 그리고 숨을 뱉어내지 못했다.

업동이의 아내는 5년 전 학질에 걸려 시름시름 앓다가 불귀의 객이 되었다. 업동이는 그 무렵부터 폐에 심각한 통증을 느꼈다. 의원의 말로는 폐옹이라 했다. 폐에서 시작된 통증이 온몸으로 퍼져 나가는 걸 느꼈다. 살 날이 얼마 남지 않았음을 직감했다. 영실에게는 임금께 절대로 자신이 병중임을 알리지 말라 신신당부했다.

업동이는 영실로부터 이방원이 승하했다는 소식을 듣게 됐다. 그날부터 업동이는 곡기를 끊었다. 어느 날 저녁 물을 끓이더니 목욕을 했다. 그리고 다음날 마지막으로 업동이 어미의 무덤을 찾아가겠노라 했다. 업동이는 영실에게 부탁했던 새 베옷과 새 신을 신고 길을 나섰다.

"매향아, 네가 먼저 세상을 떠나게 한 죄로 내가 큰 병을 얻었나 보다. 그날 밤 내게 연모의 정을 드러내기 훨씬 전부터 나는 너를 연모했다. 벙어리에 불과한 나에게 말을 걸고 따뜻한 눈빛을 건넬 때마다 나는 밤잠을 설쳤었지. 감히 벙어리 주제에 연모의 마음을 갖게 됐다는 것이 몹시 죄스러웠단다. 매향아, 이제 네 곁으로 가련다. 거기에서는 벙어리가 아니어서 말로 사랑한다 하고, 말로 간지럽다 하고, 말로 안고 싶다 할 것이다. 미치도록 보고 싶다."

"방원 도련님, 제게 지란지교라 말씀하셨습니다. 저를 지초라 하셨습니다. 난초가 시들었건만 지초가 더 자란다는 것이 무슨 소용이 있겠습니까. 백아가 없는데 종자기가 거문고 가락을 탄들 무슨 소용이 있겠습니까. 도련님, 비록 우리가 한날 태어나지 않았지만 도련님과 같이 죽을 수 있다면 여한이 없다는 생각을 늘 해왔습니다. 내 오늘 죽어 저세상에서 도련님과 공자를 논하고, 맹자를 논하고, 하늘을 논하고, 인을 논하고, 덕을 논하려 합니다. 이제 가겠습니다. 이번에도 반겨 주시기 바랍니다."

업동이는 허리춤에서 비상을 꺼내 아무 미련 없다는 듯이 입안에 털어 넣었다. 고통스러웠다. 그러나 도련님과 아내 곁으로 간다는 생각을 하니 고통이 멎는 듯했다.

'내 웃으며 죽을 수 있겠구나. 영실아! 주상전하를 극진히 모셔야 한다. 내 지란지교 방원 도련님의 아들이니라.'

장영실의 '정음해례'

장영실의 천문天文에 대한 지혜와 관심을 알고 있던 이도는 영실 등을 중국에 보내 그곳의 천문 시설을 둘러보고 천문 기계를 익혀 오도록 했다. 영실은 중국의 여러 천문 서책과 회회인回回人이 지었다는 천문 기계 관련 서책들을 가져왔다.

장영실은 임금의 기대에 어긋나지 않게 천문 관측기 혼천의와 간의, 해시계인 천명일구와 앙부일구, 물시계 경점기, 자격루 등을 만들어냈다. 이도는 경회루 근방에 중국의 천문대 못지않은, 거대한 간의대를 설치하게 했다. 나중에는 흠경각에 옥루라는 천상시계天象時計를 설치하게 했다. 이 모든 일을 장영실이 주도했다. 이도는 장영실의 벼슬을 정4품 호군으로 올리고, 나중에는 종3품 대호군까지 올려 주었다.

장영실은 바쁜 와중에도 이도의 명령을 소홀히 하지 않았다. 이도가 영실을 중국에 보낸 목적 중 드러나지 않은 것이 있었으니 아직 확보하지 못한 운서들을 수집해 오라는 것이었다. 영실은 이번 중국 길에서 『중원음운』, 『몽고운략』. 『고금운회거요』와 같은 중요한 운서들을 가져왔다. 그리고 이 모든 운서를 섭렵했다. 아버지와 나눴던 수어가 아니라 이제는 진짜 조선의 문자를 만들기 위해서였다.

장영실은 운서와 자모에 대한 여러 해에 걸친 궁구 끝에 28개의 자모로 정리했다. 그리고 각 자모의 발음이 어떻게 만들어지는지 자세하게 그림으로 그렸다. 처음에는 음악의 '궁상각치우' 오음을 본떠 '아음, 설음, 순음, 치음, 후음'으로 정리하고 하나의 소리를 어떻게 글자로 표현하는지 그 원리와 배합을 정리했다. 나중에는 반치음, 반설음을 추가해 얼추 완성했다. 그렇게 하니 웬만한 말소리는 다 글자로 나타낼 수 있을 것 같았다. 영실은 조선의 글자 이름을 '정음'이라 했다.

영실은 중국에 갈 때 말고는 거의 매주 한 번 임금을 은밀하게 만나 그간의 작업 성과에 대해 보고하고 얘기를 나눴다. 이제 20년간의 불같은 연구 결과를 모아 온전한 서책으로 보고할 시간이 왔다. 영실은 '정음해례'라는 제목이 붙은 서책을 지참하고 임금을 만났다. 이도는 만면에 미소를 띠고 영실에게 말했다.

"호군. 호군은 조선 제일의 천재다. 우리는 조선 글자 창제의 대업을 앞두고 있다. 우리가 새로운 조선을 만들고 있는 것이다."

이도는 해례 작업 이후 주목해야 할 과업이 무엇인지 영실에게 물었다. 영실은 향후 정음으로 된 서책을 발간하기 위해 새로운 금속활자를 만들 것을 제안하면서, 그 일을 자신이 직접 하고 싶다 했다. 이에 이도는 영실을 경상도 채방별감으로 제수해 동철銅鐵과 연철鉛鐵 생산을 감독하게 하고 금속의 배합과 주조에 전념하게 했다. 몇 년 후 금속활자 갑인자甲寅字가 탄생했다.

집현전 학사들과의 갈등

이도가 임금으로 즉위하고 나서 맨 처음 역점을 두었던 것이 뛰어난 인재들을 모으는 것이었다. 이를 위해 집현전을 확대 개편하고 연구 기능을 강화했다. 내로라하는 학자 20명을 불러모았다. 이도의 치세를 위한 최정예 요원들이었다. 서책 구입과 인쇄에도 대폭 지원을 했다. 등청하지 않고 집에서 연구에 집중할 수 있도록 '사가독서제'를 도입하기까지 했다.

장영실은 조선 글자를 만드는 일에서 이도가 기대했던 것보다 몇 곱절을 더 해냈다. 이제는 장영실과의 은밀한 일에서 조정의 일로 공식화해야 했다. 이도는 무엇보다 이 날을 위해 집현전에 수재들을 모아 왔다 생각하고 있었다.

'그 수재들을 활용할 때다. 내 그동안 집현전에 성심성의껏 지원을 아끼지 않았다. 이들이야말로 나의 학문적 자식들이 아니더냐. 나의 민본·민도의 정신을 누구보다 잘 아는 자들이다. 나의 뜻을 적극적으로 따라줄 것이다.'

먼저 누구보다 눈여겨보고 있던 대제학 정인지, 부교리 박팽년과 신숙주, 수찬 성삼문을 불렀다. 장영실의 존재는 철저히 비밀에 부쳐야 할 것이었다.

"내 여러 해 동안 손수 연구해 우리 조선만의 글자를 만들어 왔다. 한자는 그 수가 수천 가지로 익히기도 어렵거니와 우리 말소리와 달라 맞지 않았다. 마치 모난 자루가 둥근 구멍에 맞지 않는 것과 같았다. 옛날 신라의 설총이 이두를 만들어 지금까지 민간에서 사용하고 있으나 한자의 훈과 음을 빌려 쓰는 것이라 막힘이 있고 혼란스러웠다. 내가 이에 정음 28자를 만들어 언문일치를 하려 한다. 학사들의 생각은 어떠한가?"

이도의 말이 끝나자 적막감이 휘몰아쳤다. 모두 놀란 표정이었고 누구 하나 대꾸하는 사람이 없었다. 이 적막을 깨고 박팽년이 의견을 냈다.

"전하, 조선은 중국에 대한 사대事大를 건국의 이념으로 하는 나라이옵니다. 명을 사대한다는 것은 중국의 문명을 사모하고 본받고자 하는 것이옵니다. 그 문명의 정수가 바로 문자이고, 한자이옵니다. 전하의 뜻대로 우리 조선 문자를 만드는 것은 사대의 이념에 어긋나는 일이옵니다. 만일 명나라 조정에서 이를 알게 된다면 가만있지 않을 것이옵니다. 조선은 창업한 지 아직 반백년밖에 되지 않았습니다. 이제 온갖 제도를 완비해 가고 있는 상황에서 자칫 종묘사직에 큰 위기가 닥칠까 두렵사옵니다."

성삼문이 박팽년을 거들었다.

"전하, 아무리 자기 글자를 갖고 있더라도 몽골, 여진, 서하, 왜는 모두 오랑캐의 나라이옵니다. 오직 성학聖學인 성리학에 충실해 나라를 이끄는 것만이 왕도에서 일탈하지 않는바, 성리학의 문자인 한자를 버리고 조선의 글자를 갖는다는 것은 조선 스스로 오랑캐의 나라가 되겠다는 것과 다를 바 없사옵니다. 이는 학문에도 이롭지 않고 정치에도 이롭지 않사옵니다."

이도가 평소와 다르게 화를 내며 버럭 소리를 질렀다.

"어찌 우리 문자를 갖는 것이 이롭지 않다는 말이냐? 성리학이 자네들 같은 유자들만의 전유물이어야 한단 말인가. 나는 임금이면서도 너희들과 같이 성리학에 충실한 유학자이다. 이 진리를 뭇 백성들이 접하고 자신의 인격을 도야하는 방도로 쓴다면 우리 조선이 중국을 부러워할 이유가 뭐가 있단 말이냐. 성리학의 도에 가장 충일한 나라가 큰 나라가 아니겠느냐. 내 조선을 큰 나라로 만들기 위해 정음을 만들려는 것이다. 내 그대들이 이리 심하게 반대할 것임을 미처 알지 못했다. 다 물러가라!"

이도, 정인지와 신숙주를 따로 부르다

그날 밤 이도는 정인지를 따로 불렀다. 집현전의 총책임자는 영전사였지만 대제학 정인지가 집현전 학사들을 이끄는 사실상의 수장이었다.

"대제학, 아까 대제학은 한마디도 하지 않았는데 생각한 바를 말해 보라."

"오늘 내내 이와 관련한 생각을 했습니다. 전하의 뜻은 잘 알겠사옵니다. 먼저 정음 창제에 대한 접근을 성리학에서 밝히는 우주와 삼라만상 원리인 음양과 오행, 태극의 원리, 도의 원리에 충실하게 정리하라 성지聖志를 내리시고 그에 따라 정음의 해례를 하라 하시면 반발이 누그러질 거라 생각하옵니다. 정음을 만드는 것이 성리학의 도에 어긋나지 않고 충실한 것임을 강조하시는 것이 좋을 듯합니다."

"대제학의 말이 옳도다."

이도는 신숙주도 따로 불러 물었다.

"부교리, 자네 생각을 말해 보라."

"전하, 사대라는 것은 성리학의 도로 이뤄진 문명을 사모한다는 것이지 명나라라는 국체國體를 사모하는 것이 아니라 생각하옵니다. 박팽년과 성삼문의 주장은 국체와 문명을 구별하지 못하는 것이라 생각하옵니다. 원나라는 오랑캐라 불렸던 몽골족이 중원을 정복해 세운 나라였습니다. 고려 당시에도 사대가 있었으나 몽골족의 원나라를 사대한 것이 아닐 것입니다. 그것은 껍데기이고 그 중원의 문명을 사대한 것이 실상일 것이라 생각합니다. 성리학의 나라를 이룬다는 것은 명나라를 사대하는 것에 있지 않고 성리학에서 밝힌 바 그 도리를 조선에 튼튼하게 세우고 널리 퍼지게 하는 데 있다고 생각합니다. 저는 전하가 그런 심모원려로 조선의 글자를 만들고자 한다고 생각하옵니다."

"그대의 말이 옳다. 부교리가 있어 내가 든든하구나. 또 이를 말이 있느냐?"

"수양대군을 전하의 대업에 동참시키시옵소서. 제가 그동안 지켜본 바 수양대군이야말로 전하의 의중을 잘 이해하고, 함께할 수 있는 동량棟梁의 요건을 잘 갖추고 있사옵니다."

그렇다. 수양이 있었다. 그날 밤 이도는 수양을 불렀다. 신숙주의 수양대군에 대한 평이 합당함을 확인할 수 있었다. 그날부터 수양은 이도의 정음 창제의 굳건한 동반자가 됐다.

정인지는 자신을 총책임자로 하여 박팽년, 성삼문, 신숙주, 웅교 최항, 부수찬 이개와 이선로 총 7명이 정음해례를 만드는 일을 할 것이라 보고했다. 이도는 철저히 비밀리에 일을 진행하라고 지시를 내렸다. 이도는 정음해례의 제목을 '훈민정음해례'로 하라 명했다.

최만리

훈민정음 창제 소식이 알려지자 반대 움직임이 본격화됐다. 그 중심에 집현전 부제학 최만리가 있었다.

최만리는 이도가 항상 눈여겨보고 아꼈던 신하였다. 성리학에 대한 그의 조예는 타의 추종을 불허했다. 수재 중의 수재였다. 그만큼 최만리 스스로 자부심이 강했고, 자존심도 무척 셌다. 또한 대쪽 같은 성품으로 수신제가에 엄격해 청백리로서 백관의 귀감이었다.

이도는 자신의 학문 수준에 자신감이 넘쳤으나 경연經筵에서 최만리와 상대할 때는 살짝 긴장했다. 세자는 서연書筵이 있을 때마다 최만리에게 혼쭐나는 경우가 빈번하다 했다. 최만리에게 이도는 무한한 애정과 경외심을 품고 있었다.

그런 최만리가 정음 창제에 가장 반발했다. 신석조, 하위지, 정찬손, 김문, 송처검, 조근 등과 함께 정음 반대 상소를 올린 것이다. 박팽년, 성삼문, 이개도 최만리와 뜻을 같이하고 있으나 임금의 엄한 지시를 받든 몸이라 이번 상소에는 이름을 올리지 않았다는 말이 돌았다.

이도는 최만리를 불렀다.

"내 오로지 백성을 위하는 마음으로 조선 문자를 만들었거늘 부제학은 왜 그리 반대하는 것인가?"

"한자를 버리고 야비하고 상스럽고 무익한 글자를 만드는 것은 중화를 버리고 이적夷狄이 되는 일이옵니다. 설총의 이두는 비록 비속하지만 그나마 한자를 빌려 사용했기 때문에 학문을 일으키는 데 일조했습니다. 그러나 이번에 창제된 언문은 새롭고 기이한 기예에 불과한 것입니다."

"부제학 그대가 운서에 대해 아는가? 사성이니 칠음이니 이런 것들을 들어 보았는가? 자모는 몇이나 되는지 아는가? 만약 내가 운서를 바로잡지 않는다면 그 누가 바로잡는단 말인가? 설총이 이두를 만든 것이 무엇 때문인가? 백성들이 편리하게 하려는 것이었다. 부제학은 설총은 옳다 하면서 너의 임금은 그르다고 하는 것인가. 기예라 했는가? 내가 늘그막에 할 일이 없어 정음을 만들었다고 생각하는 것인가? 나는 지금 매사냥을 하고 있는 것이 아니다. 말이 참으로 지나치다."

"전하의 말씀은 사본치말舍本治末이옵니다. 이 사태에 있어 운서는 말단에 불과한 것입니다. 정음이 한자음을 바로잡고 밝히는 데 요긴함은 신도 인정합니다. 그러나 근본은 중국 문명의 정수인 한자를 버리고 속된 글을 만드는 것에 있사옵니다."

"우리가 사모하는 것은 중국의 높은 문명이다. 문자는 단지 여러 가지 수단 중 하나에 불과한 것이다. 우리가 사모하는 높은 문명을 조선의 문자로 나타낼 수 있다면 그것이 바로 조선의 문명을 드높이는 길이 아니겠는가?"

"전하께서는 고려 때 있었던 만적의 난을 기억하십니까? 만적은 노비들을 모아놓고 선동하기를 왕후장상의 씨가 따로 있겠는가, 닥치면 누구든 할 수 있는 것 아닌가 하였사옵니다. 이는 옛적 진나라의 시황제가 죽은 이후 농민 출신이었던 진승과 오광이 했던 말이옵니다. 만적이 이런 말을 입에 담을 수 있었던 것은 남몰래 한자를 배워 서책을 접했기 때문이었습니다.

문자는 학문의 수단에 그치는 것이 아니라 신분 질서를 유지하는 절대적인 것입니다. 한자를 배우기가 어렵고, 한자를 양반 사대부들만이 사용할 수 있어야 그러한 신분 질서가 안정적으로 유지될 수 있사옵니다. 상민이, 아녀자가, 천인이 문자를 알게 되면 상하는 한순간에 무너지게 되옵니다. 삼강오륜과 예의가 무너지는 것입니다. 게다가 이 사실이 명나라에 알려지는 날이면 병화兵禍를 피하기 어려울 것입니다. 그렇게 되면 종묘사직도 위태롭게 될 것입니다."

"내가 바라는 조선과 부제학이 바라는 조선이 같지 않구나. 부제학의 말이 어찌 그 옛날 삼봉이 했다는 말과 이리도

같단 말이냐. 더 이상 이 일에 이의를 달지 말라!"

최만리는 사직하고 낙향했다. 이도는 최만리의 인품과 충군의 마음을 의심하지 않았다. 이도는 공석이 된 집현전 부제학 자리를 오랫동안 비워 두었다. 최만리가 돌아오기를 바랐다. 그러나 그 바람은 이루어지지 않았다.

언해 수록 갈등

훈민정음 해례본 작업이 마무리 단계에 접어들고 있었다. 이도는 어제서문御製序文과 예의例義를 직접 쓰기로 했다. 서문에서는 정음을 만든 이유를, 예의에서는 정음 사용법을 밝혔다.

이도는 해례본 발간 작업에 온 정성을 쏟아부었다. 서문과 예의를 수십 번 고쳐 썼다. 그리고 해례본에 반드시 자신이 한자로 쓴 어제서문과 예의를 한글로 번역한 언해를 수록해야겠다고 다짐했다. 훈민정음 창제라는 대업의 결정판을 내놓는데 온통 한자로 된 해례본을 내놓는다는 것은 맞지 않다 생각했다.

장영실을 불렀다. 이도는 본인이 완성한 서문과 예의를 장영실에게 보였다. 이도는 장영실이 언해를 직접 쓰도록 할 작정이었다. 훈민정음은 사실 자신과 장영실의 합작품이었다. 장영실의 존재를 숨겨 온 만큼 해례본에 실릴 언해의 글은 이도 자신의 필체로 다시 써야겠지만 언해의 원본은 장영실이 쓰기를 원했다. 장영실은 감격에 겨워했다. 며칠 후 장영실은 언해한 것을 이도에게 바쳤다.

이도는 훈민정음 해례본 작업을 한 일곱 명을 불렀다. 그리고 언해를 수록하겠노라 말했다. 이 말이 떨어지자 박팽년, 성삼문, 최항, 이개, 이선로가 격렬하게 반대했다.

"전하의 뜻을 따라 성리性理의 원리에 기초해 해례 작업을 충실히 하였습니다. 허나 해례에 어제서문과 예의에 대한 언해문을 수록하는 것에는 따르기가 어렵습니다. 언해문을 싣는다는 것은 정음을 나라의 주된 글자로 쓰겠다는 의미입니다. 이는 옳지 않습니다. 한자는 누대에 걸쳐 선조들의 문자였고, 앞으로도 조선의 글자로 남아 있어야 합니다. 전하, 그 뜻만은 거두어 주십시오."

워낙 반발이 격하다 보니 정인지, 신숙주도 의견을 내놓지 못했다. 훈민정음이 조선의 글자가 되는 데 가장 큰 걸림돌이 양반 사대부라는 걸 뼈저리게 느끼게 된 순간이었다. 이도는 한 발 물러설 필요가 있겠다는 판단을 했다. 밀어붙였다가는 전국 유생들의 집단적 반발을 각오해야 하는 상황에 놓이게 될 것이었다.

세자 이향과 수양대군 이유

이도는 정음을 창제한 후 무엇을 첫 결실로 내놓을 것인지 많은 날들을 고심했다. 이도는 제일 먼저 『천자문』과 『소학』의 언해 작업을 해야 할 것이라 생각했다. 아이들이 한자를 배우면서 동시에 정음을 배워야만 할 것이다. 그래야 가장 빠르게 정음을 보급할 수 있을 것이라 생각했다.

그 후에는 사서삼경 언해 작업을 대대적으로 해야 할 것이라 생각했다. 또 『농사직설』, 『향약구급방』 등 민생에 도움이 되는 서책들의 언해 작업도 서둘러야 한다고 여겼다. 이도는 이런 실용서를 대대적으로 보급해 정음을 깨우치려는 기운을 높이기로 마음먹었다.

이도는 서리 10여 명에게 직접 정음을 가르쳐 봤다. 예상했던 대로 서리들은 정음을 빨리 익혔다. 서리들은 한자는 제대로 사용하려면 못해도 천 가지 글자를 익혀야 하지만 정음은 기본 28개의 글자로 합자合字하면 못 만드는 글자가 없다는 사실을 알고 놀라워했다. 자신감을 얻은 이도는 정음 보급에 속도를 내고 싶었다.

이도는 교지를 내렸다. 서리를 뽑는 이과吏科와 이전吏典의 사람을 뽑을 때는 정음도 아울러 시험을 보게 하되, 합자 능력 정도만 있어도 뽑으라 했다. 아직 정음이 널리 알려지지 않은 것을 감안해 난이도를 낮춘 것이었다. 또 함길도 젊은이로 관리 시험에 응시하는 자는 점수를 갑절로 주도록 했다. 변방 지역인 함길도에 특혜를 부여한 것이었다. 각 관아의 관리 시험에서도 정음을 보도록 했다.

그런데 집현전 학사들의 반대가 극심했다. 이들은 무엇보다도 한자 서책의 정음 언해를 막으려 했다. 정음 언해는 정음 활용서이기 때문에 언해서가 발간되지 않으면 정음은 반포할 수 있을 뿐, 보급은 원천적으로 막히게 될 것이었다.

이즈음 이도는 여러 가지 병세를 보이고 있었다. 훈민정음 창제와 반포 과정에서 과로하기 일쑤였고 집현전 학사들과의 갈등으로 스트레스가 심했다. 소갈증이 갈수록 악화해 하루에 한 동이의 물을 마시지 않으면 갈증이 해소되지 않았다. 자주 온몸이 쑤셨고 종기로 고생했다. 온천욕으로 병을 다스려 보려 했으나 소용이 없었다. 눈이 침침해지더니 해가 갈수록 시력을 잃어 가고 있었다. 자연스레 살 날이 오래 남지 않았다는 생각이 들었다.

세자 이향은 이제 장성했다. 이향은 성격이 온후하고 학문에도 열심이었다. 역산과 천문에도 능했다. 측우기를 설계한 이도 세자였다. 대리청정도 훌륭하게 해내고 있었다. 군비軍備를 강조하며 북쪽의 국경을 정비하는 데에도 성과를 내고 있었다. 세자로서는 그만하면 됐다는 생각을 했다. 다만 몸이 허약한 게 걱정이었다.

정음 창제와 보급은 아버지 태종대왕의 유훈이었다. 이도는 그 유훈을 충실히 따랐고, 앞으로는 세자가 왕이 되어 이어 나가야 할 것이다. 세자는 정음을 만드는 데 힘을 보탰다가 최만리 상소의 표적이 되기도 했다. 정음을 만드는 데 세자가 일조했다는 것이 이도를 안심하게 했다. 세자를 불렀다.

'세자를 나의 완전한 계승자로 만드리라.'

그런데 세자로부터 뜻밖의 반응이 나왔다.

"아바마마, 아바마마가 정음을 만드신 뜻은 누구보다 익히 알고 있습니다. 그러나 대부분의 신하들이 크게 걱정하고 있습니다. 겉으로 말은 안 하지만 이러다가 자칫 중국과 갈등하게 되어 병화에 휩싸일까 노심초사하고 있습니다. 백성들이 정음을 깨우치게 되면 조선의 질서가 문란해지게 될 것이라 걱정하고 있습니다. 아바마마, 이런 목소리를 마냥 외면할 수 없는 지경입니다. 냉정하게 일을 진행해야 합니다. 서두르지 않았으면 합니다."

"세자, 정음 창제와 보급은 나의 뜻이기 이전에 세자의 할아버지인 태종대왕의 유훈이다. 너는 임금이 됐을 때 너의 백성 다수가 여전히 무지렁이가 되기를 바라는 것이냐?"

"아바마마, 신하들은 이러다가 종묘사직도 위태로워질 거라 수군대고 있습니다. 정음이 조선을 반석에 올려놓는 것이 아니라 불화하고 분열하게 할까 봐 소자 또한 근심이 큽니다. 백성들이 성현들이 밝힌 도를 온전히 깨닫지 않고 맹자의 '군주민수君舟民水' 등을 취사선택하여 군도群盜가 되지 않을까 두렵사옵니다."

'세자 이놈, 서연으로 성삼문 등과 가깝게 지내더니만 그놈들과 동조하게 되었구나. 큰일이구나. 내 뜻대로 진척이 되지 않겠구나. 아무래도 수양과 이 문제를 상의해야 할 듯싶구나.'

정음청

이도는 훈민정음을 반포하고 정음청 설치를 지시했다. 정음청은 정음으로 된 창작물과 한자로 된 책을 정음으로 번역하는 일을 맡아 할 것이었다. 신숙주를 책임자로 세웠다.

이도는 새로운 운서를 만들라고 명했다. 중국의 운서인 『고금운회거요古今韻會擧要』와 『홍무정운洪武正韻』을 참고하도록 했다. 한자음을 훈민정음으로 기록한 운서 제작은 훈민정음 대중화의 첫발이 될 것이다. 운서를 활용하면 양인들도 한자를 더 쉽게 익힐 수 있을 것이고, 사대부들도 정음을 익히지 않을 수 없을 것이라고 생각했다.

이도는 이 작업에 수양대군과 안평대군을 참여시켰다. 수양은 이도의 훈민정음 창제의 뜻을 가장 잘 알고 있는 아들이었고, 안평대군은 학문에 가장 발군의 실력을 갖춘 아들이었다. 이도는 운서의 제목을 '정음정운'이라 할 것을 제안했으나 정운 발간 작업에 참여한 박팽년 등이 반대하며 '동국정운'으로 하자고 고집했다. 박팽년, 성삼문 등은 사석에서는 정음청을 언문청이라 격하해 부르고 있었다.

정음청에서는 첫 창작물로 『용비어천가』를 발간했다. 이도는 550본을 신하들에게 내려 주었다. 이도는 다음으로 수양의 제안에 따라 정음으로 된 불경 언해서를 발간할 계획이었다. 이 무렵 이도의 아내이자 왕비인 공비가 사망했다. 이에 수양은 어머니의 명복을 빌기 위해 김수온 등과 함께 석가모니의 일대기와 설법들을 모아 석보釋譜 언해서를 제작해 어머니에게 바치겠다 했다. 이도는 그렇게 하라 허락했다.

수양은 이도에게 『석보상절』을 지어 올렸다. 이도가 이것을 읽고 난 후 감동을 받아 직접 부처의 공덕을 찬미하는 악장을 만들기로 했다. 이렇게 해서 『월인천강지곡』이 만들어졌다. 이도는 공비에 대한 애틋한 정을 『월인천강지곡』에 담았다.

> 구중궁궐 찬바람에 가슴 시려도
> 꽃은 피고 나비는 날고
> 천 갈래 만 갈래로 마음이 찢겨도
> 혼자 울고 또 울고

이도는 정음청에 명해 새로 주조한 정음 초주갑인활자를 써서 『월인천강지곡』과 『석보상절』을 인쇄하도록 했다. 『훈민정음 해례본』은 목활자로 인쇄했고, 『동국정운』은 목활자와 정음 갑인금속활자를 섞어 제작했다. 이도는 앞으로 정음청에서 서책을 발간할 때는 정음 갑인금속활자를 반드시 쓰도록 했다. 이도는 우리 정음의 책에는 반드시 그에 어울리는 정음 전용 금속활자가 필요하다고 보았다.

영빈 강씨

태종 이방원은 정비 원경왕후 민씨를 죽는 날까지 애틋하게 생각했다. 고마워하고 미안해하고 사랑하는 감정을 전혀 잃지 않았다. 민씨 일가가 아니었다면 그의 정난靖難은 성공할 수 없었을 것이다.

그러나 민씨 일가가 양녕대군을 끼고 돌아 외척으로 발호하게 되면 자신의 구상에 걸림돌이 될 것이라 판단한 이상 가만두고 볼 수가 없었다. 결국 원경왕후의 남동생 넷은 죽임을 당했고, 왕후의 아버지는 화병으로 세상을 떠났다. 제아무리 냉정하다는 이방원이라도 괴롭지 않을 수 없었다.

이도의 정비 심씨의 아버지이자 그의 장인인 심온도 태종 이방원의 명으로 사약을 받았다. 심온의 동생 심정과 박습, 강상인 등이 상왕으로 물러난 이방원이 병권을 쥐고 왕에게 주지 않는 것은 옳지 않다는 말을 한 데다, 강상인이 군사 관련 업무를 왕에게 보고까지 했다는 상소로 피바람이 불었다. 그 배후로 영의정 심온이 지목됐다. 이 일로 폐비 논의까지 일어나 왕비의 어머니는 관노 신분이 되었다.

이도는 장인 심온이 억울하게 죽었다 생각했다. 왕비를 볼 때마다 가슴이 미어졌다. 그러나 심온의 신원을 위해 복권해 주면 아버지 태종이 잘못한 것이 된다. 불효를 범하는 것이었다. 이러지도 저러지도 못하는 심정이 이루 말할 수 없이 괴로웠다. 왕비는 이도가 불편할까 봐 언짢은 내색조차 하지 않았다. 이도는 그런 왕비에 대해 무한한 애정을 느꼈다.

그랬던 왕비가 세상을 떠났다. 자애로우면서도 지혜로운 아내였다. 이도는 왕비에게 정음을 습득하게 할 생각이었다. 왕비는 국모로서 모든 아녀자들의 수장인 동시에 외명부와 내명부의 수장이었다. 이도는 수양의 제안에 따라 먼저 아녀자들이 정음을 익히고 널리 사용하게 할 심산이었다. 그러려면 왕비가 솔선해 정음으로 교지를 내리고 서찰을 쓰도록 할 필요가 있었다. 그래서 내·외명부에 속해 있는 아녀자들 사이에서 정음이 활발하게 쓰이게 할 생각이었다. 그렇게 되면 공신과 대신들의 처들도 정음을 쓰게 될 것이라 생각했다. 그런데 왕비가 세상을 떠난 것이다.

이도는 둘째부인 영빈 강씨를 떠올렸다. 왕비가 사망했으니 영빈 강씨가 사실상의 내·외명부 수장이라 할 수 있었다. 영빈은 지혜롭고 눈치가 빨랐으며, 궁녀 출신이라 내명부 사정에도 밝았다. 이도가 처소로 영빈을 부르는 일이 잦았다. 사정을 모르는 이들은 그렇게 금슬이 좋았던 왕비가 죽은 지 얼마 되지 않았는데 영빈을 자주 찾는 일을 두고 쑥덕거리곤 했다.

이도는 영빈에게 직접 정음을 가르쳤다. 영빈은 한 달도 채 되지 않아 정음을 익혔다. 이도는 영빈에게 내·외명부 아녀자들이 정음을 익히고 전파하도록 하라 일렀다. 어느 정도 내·외명부 아녀자들이 정음을 활용해 글을 쓸 정도가 되면 교서와 왕비나 왕세자의 명령인 의지懿旨, 서찰을 모두 정음으로 써야 할 것이라 당부했다.

수양에게는 불교계에 『석보상절』과 『월인천강지곡』을 전하고, 필요하면 필사하여 전국 사찰에 보급하라 지시를 내렸다. 그리고 승려들 사이에서 정음이 쓰이도록 필요한 준비를 하라고 명을 내렸다. 수양은 수완을 발휘해 이 명을 충실히 이행했다. 집현전 학사였다가 불가에 귀의한 신미가 불교계에서 수양의 손발 노릇을 했다. 신미는 언어학에도 능통해 정음의 불교계 전파와 불경 언해 작업에 제격이었다.

이도는 형 양녕대군 이제를 불렀다. 이제는 폐세자 당시의 앙금을 잊고 이도와 돈독한 관계를 유지하고 있었다. 이도는 이제에 대한 탄핵 상소나 뜬소문이 있을 때마다 이를 물리쳤다. 이제는 그런 이도에게 고마운 마음을 갖고 있었다. 이제는 어디에 얽매임 없이 활달한 삶을 이어가고 있었다. 이도는 그런 얽매이지 않은 성격 때문에 이제가 정음을 전파하는 데 제격이라 생각했다. 이도는 이제에게 정음 공부를 당부하고 정음으로 간찰을 써보기를 권했다. 이제는 그러겠노라 했다.

그 후 이제는 간혹 정음으로 간찰을 써 왕실 사람들에게 보내곤 했다. 문종 재위 때는 임금에게 정음으로 된 짧은 편지를 보내기도 했다.

장영실 어가 사건

정음은 이제 궁중 악장에 쓰인 발명품에 머물지 않았다. 이도의 지시로 내·외명부 아녀자들 사이에서 쓰이더니 어느덧 궁궐의 담을 넘어 사대부가의 아녀자들에게도 입소문이 나면서 배우려는 움직임이 일었다. 불교계에서도 정음이 전파되는 움직임이 일고 있었다. 조선이 성리학의 나라임을 내세웠지만 민간에서는 불교가 여전히 영향력을 행사하고 있었다. 정음이 민간에 급속히 전파될 수 있는 상황이 만들어지고 있었다.

그런 와중에 정음으로 쓴 벽서가 처음으로 걸리는 사건이 일어났다. "하 정승아, 또 공사公事를 망령되게 하지 말라." 하연을 영의정부사로 임명한 직후 일어난 사건이었다. 하연의 영의정부사 임명에 불만을 품고 누군가 벽서를 써붙인 것이었다. 하급 관리가 쓴 것으로 추측되었다. 궐내에서 이 일로 소란이 일었지만 이도는 속으로 흡족해했다.

'이제 정음이 실제로 쓰이는 단계에 이르렀구나.'

집현전 학사들을 중심으로 조정 내에 정음 전파에 대한 경계심, 위기 의식이 높아지고 있었다. 특히 아녀자들 사이에서 정음에 대한 호기심과 기대가 높아지는 것이 날카로운 경계의 대상이 됐다. 사대부 가문의 아녀자들은 한자를 배우고 익히기도 했지만 거의 대부분의 아녀자들은 문맹 상태였다. 문자를 알면 주장하게 되고, 아녀자들이 제 목소리를 내면 삼강오륜이 무너지게 된다는 생각이 팽배했다.

'아녀자들은 족보의 이름, 성현의 이름, 나라 이름 정도나 알 정도의 한문 실력이면 족한 것이지, 함부로 글을 쓰거나 시를 지어서 밖에 내놓는 것은 불가하다.'

사대부 남자들의 생각이 대부분 이와 같았다. 정음에 반발하는 이들은 갈잖게도 주로 아녀자들이 사용한다 하여 '암클'이라 경멸조로 말하고 있었다.

어느 순간부터 이도에게 숨겨진 조력자가 있다는 소문이 돌았다. 그 조력자가 누구인지를 캐고 있다는 것을 이도는 알게 됐다. 장영실의 존재가 드러나면 저들은 어떤 죄목을 붙여서라도 영실을 이 세상에서 사라지게 할 것이었다. 이도가 먼저 움직여야 했다. 영실을 아무도 모르게 불렀다.

"대호군, 요즘은 어떤 일에 집중하고 있는가?"

"전하께서 병세를 다스리기 위해 온천에 자주 행차하시는데, 편하게 타고 가실 안여安輿를 만들고 있는 중이옵니다."

"그래, 튼튼하게 잘 만들고 있느냐?"

"전하께서 사용하실 어가이온데 여부가 있겠사옵니까."

"대호군, 나를 위해 어가를 부실하게 만들라."

순간 장영실은 대경실색했다. 손이 바들바들 떨렸다. 뭐라 말하고 싶었지만 혀가 굳어 있었다.

"정음 일로 나의 조력자가 누구인지 색출하기 위해 온 조정이 눈이 벌게져 있는 상황이다. 비록 내가 임금이라지만 조정의 백관들이 너를 죽이려 하면 막아내기가 수월치 않다. 어가의 받침을 허술하게 하여 시승試乘 시 무너지도록 만들라. 이 일로 너는 장형杖刑에 처해지고 궐에서 영구 추방될 것이다. 무슨 뜻인지 알겠느냐?"

"전하를 위한 일이라면 목이 달아난다 해도 두렵지 않사옵니다."

"궐 밖으로 가거든 어느 곳이든 자리를 잡도록 하라. 그리고 '정음당'을 세워 정음을 교육시키도록 하라. 너는 남자들을 가르치고 너의 처는 아녀자들을 가르치도록 하라. 필요한 자금은 내가 은밀히 댈 것이다."

"분부 거행하겠사옵니다."

어가가 무너진 일로 장영실은 곤장 1백 대를 맞았다. 다행히 목숨은 끊어지지 않았다. 장영실은 부인의 고향인 아산으로 향했다. 거기서 자리를 잡고 정음당을 세울 계획이었다. 장영실의 노력이 결실을 맺는다면 앞으로 정음은 아녀자들의 글자가 아니라 한자에 버금가는 조선의 글이 될 것이었다.

이도는 수양에게 명해 장영실이 자리 잡고 정음당을 운영하는 데 모자람이 없도록 지원하라 밀지를 내렸다. 관아에서 훼방을 놓는 일이 없도록 미리 손을 써놓으라는 지시와 함께.

이도의 밀명

이도의 병세가 갈수록 나빠졌다. 이도 또한 이번에는 이불을 걷고 일어날 수 없을 것이라 판단했다. 수양을 불렀다. 예전 태종대왕이 선위 직후 자신을 불러 당부의 말을 했을 때 이름을 불렀었다. 이도도 그리했다.

"유야, 너는 내가 정음을 만든 이유를 잘 알고 있겠지."

"백성들이 조선의 글자를 쉽게 익혀서 하고 싶은 말을 글로 적게 해 권리를 높이게 하겠다는 지고至高의 뜻을 펼치신 것이라 알고 있습니다."

"그렇다. 태종대왕은 명시적으로 말씀하시지는 않았지만 조선이 모화慕華와 사대事大의 굴레에 갇혀 있는 것을 안타깝게 여기셨다. 내 그리 태종대왕의 속마음을 읽었다. 내가 정음을 만들고, 우리 조선만의 천문대와 시계를 만들고, 조선의 달력인 칠정산내외편을 만들게 한 것은 조선이 중국을 모방하고 섬기는 나라가 아니라 조선 독자의 문명을 갖고 있는 나라로 우뚝 서기를 바라서였다. 조선에 맞는 의학서,

농업서, 금속활자를 만들게 한 것도 조선의 자주성을 높이기 위한 조치이다. 그런데 백성들이 문맹이어서 이 서책을 보지 못한다면 무슨 소용이란 말이냐. 한자는 우리말과 달라서 백성들이 깨우치기가 어렵다. 그래서 우리말에 부합하고 쉽게 깨우칠 수 있는 정음을 만든 것이다. 나는 조선의 백성들이 문맹의 상태를 벗어나기를 원하는 것이다. 백성들이 문맹을 벗어나 문명을 만드는 데 일조한다면 나라가 얼마나 풍요롭고 강건해지겠느냐. 이유야, 내 말을 잘 알아듣겠느냐?"

"명심하겠습니다."

"그런데 걱정이 있다. 내가 죽으면 세자가 왕위를 물려받을 텐데 세자는 나의 뜻과 같지 않다. 정음에 대해서도 부정적이다. 세자가 임금이 됐을 때 태종대왕의 유훈, 그리고 나의 뜻이 훼손될 것 같아 걱정이 많다. 너 이유가 그리 사태가 전개되지 않도록 형을 잘 보좌하기 바란다. 정음청이 폐지되는 일은 없어야 한다. 활발하게 언해와 출간이 이뤄져야 한다. 무엇보다 유신들의 반대로 출간하지 못한 훈민정음 언해를 반드시 만들어야 한다. 그리고 장영실의 뒷배 역할을 계속해야 한다. 알겠느냐?"

수양의 날카로운 눈매가 도드라졌다.

"만일 세자가 전하의 뜻에 어긋나는 길로 계속 간다면 어떻게 해야 합니까?"

이도가 괴로운 듯 눈을 감고 말했다.

"임금의 안위보다는 조선이 빛나는 문명의 길로 가는 것이 더 중요하다. 내 이 정도로만 언급하겠다. 정인지, 신숙주와 더불어 많이 의논하도록 해라."

수양은 머리 속으로 되뇌고 있었다.

'임금의 안위보다는 조선의 길이 중요하다. 아바마마는 여차하면 내가 임금이 되기를 바라시는구나.'

4

정음이 일으킨 피바람

정음 열풍

세종조부터 내·외명부에서 정음이 공식 문자로 쓰이게 되었고, 이향이 임금으로 즉위할 때는 궐내 아녀자들의 글자로 자리 잡아 가고 있었다. 빈 등이 정음으로 신하에게 임금의 명령을 전하는 경우가 발생하면서 신하들도 울며 겨자 먹는 심정으로 정음을 배워야 했다.

장영실이 아산에 처음 정음당을 세우고 정음을 가르치기 시작한 지 5년 만에 충청 일대뿐만 아니라 전라 일대, 경상 일부 지역에도 정음당이 세워지고 있었다. 사대부 양반의 자제들도 일부 정음당을 출입했다. 하지만 대부분은 평민과 아녀자들이었다. 가끔 천인의 자제들도 왔다.

정음당이 세워지는 속도가 빨랐다. 전국적으로 벌써 열다섯 곳에 세워졌다. 입소문을 타고 정음이 빠르게 알려지고 있었고, 유행이라 할 정도로 정음당이 성황을 이루었다.

곳곳에서 양반 사대부들의 불만이 터지고 있었다.

"요즘 아녀자들이 언문이라는 것을 배워 신변 탄식을 하는 시가를 짓고, 시가를 읊고 있다 합니다. 조신하게 부위부강夫爲婦綱, 삼종지도三從之道하는 아녀자의 도리를 익히거나 실행해도 모자랄 판에 자기 처지를 탄식하고 있으니 이게 말세지 뭐란 말입니까. 이 시가를 읊고 듣기 위해 계회를 하는 것이 유행하고 있다고 합니다. 정말 큰일 아닙니까?"

"한시를 정음으로 언해해 이를 필사해 파는 무리들까지 등장하고 있다고 합니다. 특히 백거이의 '장한가' 같은 당시唐詩를 언해해 팔고 있다는 것입니다. 평민들과 아녀자들이 장한가 구절을 읊어대며 자신의 처지를 한탄하며 패륜적이고 음란한 생각들을 소곤거리고 있다 하니 이게 그냥 넘어갈 일입니까?"

"수호전을 언해한 필사본까지 나돈다고 합니다. 이 언문소설을 읽고 우리도 살아생전에 양산박을 만들어야 하느니, 우리 조선 땅에도 송강이 나와야 한다느니 별말을 다 한다고 하니 걱정입니다."

이런 불만은 상소를 통해 조정에까지 전달되고 있었다. 유생들은 정음청을 이 모든 문제의 발단으로 지목했다. 그들에게 정음청은 성리학의 교리를 어지럽히는 사문난적斯文亂賊의 근원이었다.

정음청의 폐청과 신미대사의 법호 논란

이도는 죽기 전 세자에게 두 가지 유훈을 남겼다. 하나는 정음청의 언해 작업을 활성화할 것, 또 다른 하나는 신미대사의 업적에 걸맞은 법호法號를 반드시 내리라는 것이었다.

세자의 효심은 매우 깊었다. 신하들은 세자 이향과 세종대왕의 둘째아들 이유의 드높은 효심에 대해서 말을 아끼지 않았다.

이향이 왕으로 즉위했다. 이향은 세종대왕을 아버지로 존경했고, 선왕으로도 존경했다. 비록 정음 전파에 대해서는 이견이 있었지만 수많은 업적을 일구고, 조선을 태평성대로 이끈 아버지를 자신의 전범으로 삼고 있었다.

그런데 즉위하자마자 두 가지 상소가 빗발쳤다. 정음청을 폐청해야 나라의 기강이 바로 선다는 것, 그리고 신미대사에게 과도한 법호를 내리는 것은 불가하다는 상소였다. 아버지 세종대왕의 유언에 따라 신미대사에게 법호를 내렸는데, 법호에 '우국이세祐國利世'라는 말이 들어간 것에 대한 반대가 극심했다.

우국이세, 나라를 돕고 세상을 이롭게 했다는 뜻이었다. 이런 칭호는 유교를 국시로 하는 나라에서는 최고의 찬사였다. 신하들은 승려에게 이런 칭호를 내리는 것은 있을 수 없는 일이라며 격렬하게 반발했다. 박팽년은 우국이세라는 호칭은 조정 대신에게도 함부로 줄 수 없는 것인데, 이런 법호를 늙은 중에게 준다는 것은 당치 않다고 목소리를 높였다.

이도는 말년에 창덕궁 밖 문소전 주변에 태조를 비롯한 4대 조상의 신위를 모신 불당을 설치하라고 승정원에 명을 내렸다. 그러면서 원래 선왕이 세운 불당이 있었던 곳이니 다시 세우는 것일 뿐이라 했다.

그러자 승정원이 먼저 들고 일어났다.

"태조대왕 등의 신위를 받드는 문소전에 흉하고 더러운 무리가 곁에 있다는 것은 욕된 일이옵니다."

집현전 학사들과 삼사의 신하들도 극심하게 반대했다. 의정부에서도 반대했다.

이도는 여론을 중시하는 왕이었다. 농지에 대한 세금을 투명하게 하기 위해 공법을 실시하려 할 때는 퇴직한 하급 관료들까지 참여시켜 공론화했고, 심지어 일반 백성 17만 명을 대상으로 광범위한 여론 수렴을 했던 왕이었다.

그랬던 임금이 이번 일에 대해서는 이성을 잃은 듯했다.

"무릇 의심스러운 것은 여러 사람과 의논하는 게 맞다. 그러나 분명한 것은 임금의 독단으로 하는 것이다. 너희들은 내가 권신의 반대에 부딪쳐 스스로 결단을 내리지 못하는 사람으로 아는가. 날 어진 임금이라 생각하지 말라. 어질지 못한 임금이 불당 하나 내 맘대로 짓지 못하겠느냐. 앞으로 더 이상 이 문제에 대해 답하지 않을 것이다."

영의정 황희까지 나섰으나 이도는 요지부동이었다. 집현전 학사들이 집단으로 그만두겠다고 하고, 성균관 유생들이 수업을 거부하는 사태까지 일어났지만 뜻을 꺾지 않았다. 심지어 불당이 궁궐과 가까운 게 문제라면 거처를 옮기면 되지 않겠냐며 넷째아들인 임영대군의 집으로 가버렸다. 이도는 임금 노릇 못해 먹겠다며 선위의 배수진을 쳤다. 결국 불당 건립은 성사됐다.

세자 이향은 아버지 이도의 마음을 알고 있었다. 당시 이도는 여러 지병으로 인해 심적으로 피폐해 있었다. 그런데다 광평대군과 평원대군이 잇따라 죽고, 부인인 소헌왕후까지 세상을 떠나자 허무한 마음을 달랠 길이 없었다. 이도는 자신의 마음을 달래고, 소헌왕후를 진심으로 추모하기 위해 불당을 지으려 한 것이다. 『월인천강지곡』을 지은 것도 같은 이유에서였다. 그런데 이런 마음을 신하들이 몰라주고 유교를 앞세워 무작정 반대만 일삼으니 이에 대해 격렬히 맞선 것이었다.

이도는 실제적인 민본民本보다 허위 민본을 빌미로 사대와 신본臣本을 앞세우는 사대부 신하들과 유생들에게 넌더리가 났던 것이다. 이도는 유교의 이념은 민본과 민도의 수단이라 생각했다. 그런데 민본과 민도가 마치 유교 이념에 부속되는 수단처럼 돼가고 있었다. 이도는 바로 그런 현실에 문제의식을 느꼈던 것이다. 말년에 이도가 불교에 집착했던 데는 그런 배경이 있었다.

이향은 이러지도 저러지도 못하는 처지였다. 신하들과 유생들의 상소를 듣자니 선왕의 유훈에 어긋나게 되고, 선왕의 유훈에 충실하자니 반대가 너무 심했다.

고심 끝에 이향은 타협책을 내놓았다. 정음청은 존치하되 세종대왕 때 편찬한 『상감행실도』 등 예의와 관련된 서적의 언해에 한정할 것, 신미대사의 법호에서 '우국이세'라는 말을 빼고 순수하게 불교와 관련된 호칭만을 부여한다는 것이 타협책의 내용이었다.

형 이향에 대한 이유의 경외심

형 이향은 이유와 세 살 터울이었다. 이향은 이유와 비슷한 점이 있었다. 이용 등 다른 남동생들이 서예와 시문, 악기 등에 능한 문인형이었다면 이향과 이유는 무예와 학문 모두에 능한 문무겸비형이었다. 둘 다 기골이 장대했다. 이향은 용모가 빼어난 데다 수염이 풍성하고 멋들어져 흡사 관우를 닮았다는 평을 듣기도 했다.

이유는 형 이향에 대해 경쟁심을 느끼면서 동시에 묘한 열등감을 느꼈다. 여러모로 보아 자신보다 형이 낫다는 걸 인정하지 않을 수 없었다. 세자로서도 훌륭했고, 대리청정 기간에도 능수능란하게 조율 능력을 발휘했다. 아버지에 이어 조선에 또 한 명의 성군이 나올 것이라 기대해도 지나치지 않다는 생각을 했다. 조선을 위해서는 홍복洪福이 아닐 수 없었다. 이런 이향에 대해 이유는 나이가 들수록 경외감을 느끼곤 했다.

이향과 이유는 조선이 문에 치중한 문약文弱의 나라가 아니라 우수한 군비를 갖춘 나라가 되어야 한다고 생각했다. 이향의 오랜 세자 시절 동안 둘은 이에 대한 의견을 자주 나눠 왔다. 조선은 상문尙文과 상무尙武가 조화로운 나라가 되어 진정한 문명국이 되어야 한다는 것에 의기투합했다. 중국의 송나라는 문치文治에 치우치다 여진의 우환을 피하지 못했고, 중국을 통일한 진나라와 수나라는 무력에 집착하고 문덕文德을 소홀히 해 왕조가 오래가지 못했음을 둘은 교훈으로 삼아야 한다 생각했다. 이향과 이유는 죽이 잘 맞는 형제였다.

두 형제의 생각은 '토목의 변' 사건을 접하며 더욱 굳어졌다. 명나라 황제 정통제가 몽골족과의 전투 도중 포로로 잡히는 사건이 일어났던 것이다. 몽골족의 침입을 걱정해야 할 상황이었다. '토목의 변' 이전에는 문무 겸비의 나라가 하나의 이상이었다면 이제는 절박한 현실로 다가온 것이다.

이향은 경연에서 병서를 다루자고 주장했다. 그러나 정창손 등이 병서는 성경聖經이나 현전賢傳이 아니므로 경연에서 다루기 마땅치 않다며 반대했다. 이에 이향은 "병서는 부정不正한 책이 아니다"라며 재차 주장했지만 관철시키지는 못했다. 신숙주가 이향이 직접 병기 제조를 감독하는 모습을 보고 이는 관리에게 맡길 일이지 임금이 직접 나설 일이 아니라 하자 "병기를 만드는 것은 나라의 큰일"이라며 물리친 일도 있었다.

또한 이향은 새로운 진법을 만들게 했는데, 진법만은 가장 믿는 동생 이유에게 맡기고 싶었다. 이유는 이 일을 훌륭하게 해냈다. 이향은 기뻐하며 이유를 당나라 태종 당시의 명장인 이정보다 뛰어나다 칭송하며, 자신은 진법에 일가견이 있다 하더라도 제갈량 같은 이유에 미치지 못한다 농을 했다. 이에 이유가 "제갈량은 장재將材가 부족한 사람이어서 성상聖上과는 비할 바가 안 됩니다"라고 응수했다. 이유의 말은 아부가 아니었다. 형에 대한 경외심에서 비롯된 진심이었다. 이 진법에 따라 군사 조직을 3군 12사에서 3군 5사로 개편했다.

이향은 고조선에서 고려 말까지의 전쟁의 역사를 정리한 책을 펴내라 의정부에 명했다. 그렇게 해서 『동국병감』이 나왔다. 세종대왕은 말년에 이유에게 역대 전쟁과 관련된 역사서를 만들라 명하고 책 이름을 『역대병요』로 하라 했다. 주로 중국의 전쟁사를 기록했고, 고려와 태종대왕 관련 전쟁사를 기록할 계획이었다. 이향은 우리 땅에서 일어난 전쟁사를 책으로 펴내고 싶었던 것이다. 『동국병감』과 『역대병요』는 세종대왕과 그의 두 아들인 이향과 이유의 역작이었다.

이향은 화차인 신기전을 직접 개발해 실전배치하기도 했다. 신기전은 4군6진 개척 당시 그 화력의 대단함을 입증했다. 이향은 북한산성 축성을 계획하기도 했다. 이유는 이런 이향을 늘 우러러보았다. 이런 형, 이런 임금이 있다는 것이 자랑스러웠다.

이향의 때이른 죽음

이향은 성군의 자질을 모두 갖추고 있었다. 무엇보다 조선 최초의 적장자 승계 원칙에 따라 임금의 자리를 물려받은 왕이었다. 아버지 세종대왕도 이를 무척 중요하게 여겼고, 이향도 자부심을 한껏 느끼고 있었다.

'앞으로 조선은 적장자 원칙에 따라 안정적으로 왕위가 승계되는 나라가 될 것이다. 향후에는 세손인 이홍위가 장성하여 보위를 잇게 될 것이다.'

그러나 개인적으로는 무척 불행했다. 세자 시절 첫 세자빈이었던 휘빈은 어떤 이유에서인지 첫날밤 이후 거들떠보지도 않았다. 휘빈은 남편의 마음을 돌린다며 요상한 술법을 쓴 것이 들켜 결국 폐위됐다. 두 번째 세자빈으로 봉빈을 들였으나 마음이 안 맞아 사이가 좋지 않았고, 봉빈이 궁녀와 동침하다 발각돼 폐위됐다. 이에 세종은 간택을 포기하고 세 명의 후궁 중 양원 권씨를 새로운 세자빈으로 뽑았다.

다행히 세 번째 세자빈은 이향과 금슬이 좋았다. 3남5녀를 두었으나 대부분 태어날 때 죽거나 어려서 요절했다. 나중에 단종이 되는 아들 하나와 경혜공주가 되는 딸 하나만 살아남았다.

그런데 이 세자빈도 단종을 낳고 얼마 안 있어 사망했다. 그 후 새로 세자빈을 들여야 한다는 논의가 있었으나 이향이 의지를 보이지 않아 흐지부지됐고, 왕으로 즉위한 후에도 혼례를 치르지 않아 왕비가 부재하게 됐다.

처음으로 사랑했던 아내가 죽고 5년 후에 어머니 소헌왕후마저 세상을 떠났다. 그리고 4년 후 아버지 세종대왕도 세상을 떠났다. 효심이 남달랐던 이향은 세종대왕을 위해 마당에 앵두를 심어 바쳤고, 어머니 소헌황후가 병석에 있을 때 귀한 설탕을 맛보고 싶다고 했지만 살아생전 맛보지 못하고 사망하자 나중에 영전에 설탕을 바치기도 했다. 아버지와 어머니 삼년상을 이향은 기진맥진할 정도로 진심으로 슬퍼하며 치렀다.

불행은 한꺼번에 찾아온다고 했던가. 그토록 강건하던 이향에게 등창이 발생했다. 아내와 부모의 상을 잇따라 치르다 보니 스트레스가 극심했고 몸이 쇠약해졌던 것이다. 아버지 세종도 당뇨병과 등창에 시달렸다. 그런데 이향의 증세는 더 심했다. 길이가 한 자에 너비는 6치에 달하는 커다란 등창으로 악화한 것이다. 끝내 이향은 병석에서 일어나지 못했다.

이향은 효심이 깊었을 뿐 아니라 동생들에 대한 우애도

깊었다. 동복, 이복 가리지 않고 모든 동생들을 아꼈다. 이유가 도첩을 소지하지 않아 체포된 중을 무단 방면하는 등 여러 차례 국법을 어겨 대간들의 처벌 주장이 쇄도했을 때도 변호하며 보호해 줬다. 자식 사랑도 남달랐다. 살아 있는 효제孝悌의 귀감이었다.

백성의 구휼에도 힘썼다. 의창義倉의 비축미가 부족해지자 사창社倉(각 지방의 촌락에 설치한 곡물 대여 기관)을 제도화해 보완하도록 했다. 6품 이상까지 윤대를 허용해 직접 임금에게 보고하게 하는 등 언로를 활성화했고, 『고려사』 등 여러 가지 서책의 편찬 사업도 했다.

정음청 폐청과 신미대사의 법호 문제에도 타협책을 제시해 세종대왕의 유훈을 지켜내는 기지를 발휘했다. 아버지 세종대왕은 사망 전 이향이 권신들에게 휘둘려 정음 정책이 흔들릴 것을 걱정했으나 이향은 걱정과 달리 잘 버텨내고 있었다. 이유는 이향이 권신들의 압력을 끝내 이겨내고 세종대왕의 유훈을 충실히 따를 거라 기대했다.

이처럼 성군이라 우러러보던 형이 죽은 것이다. 이유는 몇 날 며칠을 오열 속에서 보냈다. 상복을 입고 흐느끼고 있는 조카 이홍위가 보였다. 이제 겨우 열두 살이었다. 저 어린아이가 이제 임금이 되는 것이다. 할머니나 어머니가 살아 있다면 수렴청정이라도 하겠지만 불행히도 조카에게는 아무도 없었다. 그저 이향이 죽기 전 김종서, 황보인, 정분 등 대신들에게 세자를 잘 부탁한다 밀했을 뿐이다. 그런데 이향은 이유에게 어떠한 당부의 말도 남기지 않았다. 세자를 잘 보살펴 달라는 말을 할 법도 한데 그러지 않았다. 세자의 숙부들이 많은 것이 걱정이기는 했을 것이다. 그러다 보니 권신들에게만 세자를 잘 보좌해 달라고 부탁했으리라. 이유는 속으로 다짐했다.

'형님. 제가 조카를 잘 돌보겠습니다. 걱정하지 마십시오.'

이유는 조카 이홍위가 임금의 자리에 오르자 명나라로부터 새로운 임금의 즉위를 인정받기 위한 사신을 자처했다. 원래는 안평대군 이용이 가기로 돼 있었으나 이유는 자기가 직접 가겠다고 고집을 부렸다. 그것이 형과 조카에 대한 도리라고 생각했던 것이다.

아산 장씨의 정음 상언 사건

승정원이 발칵 뒤집혔다. 아녀자의 상언上言 때문이었다. 그동안 양반가 아녀자의 상언이 없던 것은 아니지만 이번 건은 유별났고 도발적이었다. 상언이 정음으로 씌어져 있었다. 상언은 한자로 써야 했다. 한자가 익숙하지 않다면 최소한 이두로 써야 했다. 그런데 발칙하게도 양반가 아녀자가 보란 듯이 정음으로 쓴 상언을 올린 것이다.

이대로 임금에게 상언을 올릴 수는 없었다. 도승지 강명경은 영의정부사 황보인에게 이를 보고했다. 황보인은 이 사안을 접하고 부들부들 떨었다. 아녀자가 진서眞書가 아니라 언문으로 상언을 올린 것은 임금을 능멸하는 것이라며 분노를 감추지 않았다. 황보인은 상언의 내용도 문제 삼았다.

상언의 내용은 이랬다. 남편인 이대로가 자신을 모함하는 첩의 말을 듣고 정실인 아산 장씨를 집에서 쫓아냈고, 이에 충격을 받은 외아들이 음독자살을 했다는 것이다. 아산 장씨는 이대로에게 아들을 위해 상복을 입게 해달라 하소연했지만 거부당했다면서, 남편 이씨를 고발한다는 내용이었다.

황보인은 아녀자가 지아비의 뜻을 거스르고 임금에게 이를 고발하는 것은 삼강오륜에 어긋나는 것으로 발칙하다며 목소리를 높였다. 더군다나 언문으로 올린 상언이라 임금에게 올리는 것은 가당치 않다고 했다. 상언을 올린 이를 형조에 알려 문초하고 삼강三綱과 오상五常을 어긴 강상죄綱常罪로 엄히 다스리라 지시했다.

장금사掌禁司 마당에 놓인 곤장 틀에 묶여 있는 아산 장씨의 베 치마에 붉은 핏자국이 선명했다. 아산 장씨는 이미 곤장 30대를 맞은 뒤였다. 문초가 계속됐는데, 아산 장씨는 카랑카랑한 목소리로 자신의 주장을 말했다.

"어찌 전하에게 올리는 상언을 언문으로 쓴 것이더냐?"

"아녀자라 해서 문자를 배우지 못했습니다. 이두를 쓸 줄도 모릅니다. 그러던 차에 정음을 익히게 됐습니다. 하도 억울한 일을 당하여 아산현감과 충청관찰사에게 호소했으나 외면을 받아 임금님께 상언을 올리고자 하나 알고 있는 문자는 언문밖에 없어 부득이 언문을 써서 올린 것입니다. 언문은 선군先君께서 만드시고 반포한 조선의 글자인데 조선의 글자로 상언을 올리는 것이 뭐가 문제입니까? 이미 궐내에서 대비와 왕비, 상궁과 나인들이 언문으로 교지를 내리고 간찰을 주고받는 것으로 아는데, 궐내에서 쓰는 것을 제가 쓴 것이 무엇이 문제란 말입니까?"

"아니 저것이 아직도 잘못을 깨닫지 못하고 함부로 주둥이를 놀리는 것이더냐?"

"지아비가 첩의 모함으로 정실인 저를 쫓아내고, 금쪽같이 키운 아들놈이 격분해 음독자살해 이 어미가 상복을 입고 예를 다하려 한 것이 어찌 강상에 어긋난다는 것입니까? 사대부만 하늘이 내린 백성이고, 아녀자는 하늘이 내린 백성이 아니란 말입니까?"

아산 장씨는 곤장 20대를 더 맞고서야 곤죽이 되어 풀려났다.

의정부와 승정원에서는 이 사건으로 의견이 분분했다. 이 사건은 어느새 언문이 궐내를 넘어 양반가 아녀자들도 널리 쓰는 상황에 이르렀음을 보여주는 실례였다. 아녀자가 언문으로 자기의 하소연을 적어 임금에게까지 올리려 했다는 것은 강상의 질서, 신분의 질서가 흔들리고 있다는 증좌였다. 앞으로도 이런 일이 일어나지 않으리라 볼 수 없는 것, 긴장할 만한 사건이었다.

정음 연서 사건

또 정음 관련 사건이 터졌다. 이번에는 별감과 궁녀들 간의 사통私通 사건이었다. 사통을 위해 연서戀書를 주고받았는데, 그 연서가 필내 궁녀들이 쓰고 있던 정음으로 쓰여졌다는 것이다.

한 궁녀가 유모의 안부를 전하는 간찰을 써서 혜빈에게 보냈는데, 그 간찰에 궁녀들과 별감의 사통을 고발하는 내용이 담겨 있었던 것이다. 혜빈은 세종대왕의 후궁으로, 이홍위의 어머니 현덕왕후가 홍위를 낳고 곧 죽자 이홍위를 맡아 키웠다. 대비가 없는 상황이라 혜빈은 사실상 대비 역할을 하고 있었다. 혜빈은 임금에게 이를 보냈고, 임금이 이를 승정원에 보내면서 궁궐 안이 발칵 뒤집혔다.

간찰의 고발 내용인즉 방자房子 기지와 방자 자금 그리고 소친시小親侍 함로가 별감 수부이를 연모해 사통하려고 언문 편지를 주고받았다는 것이었다. 방자 복덕이 연서를 전달하고 읽어 주는 역할까지 했고, 나중에는 이 궁녀들이 수부이에게 줄 목적으로 재물에까지 손을 댔다는 것이다.

이들은 곧 의금부로 압송되었다. 모두 곤장 100대의 장형에 처해졌다. 궁녀들은 함길도·평안도 등으로 보내져 관노가 되었고, 별감 수부이는 북쪽 국경에 일반 병사로 보내졌다.

삽시간에 이 사건은 궐내에 출입하는 모든 신하들에게 퍼졌다. 대부분의 사람들은 일탈한 소수의 궁녀들과 별감 탓을 하기보다는 정음을 문제 삼았다. 정음이 음란한 일에 쓰이는 음란한 문자가 되었다며 수군거렸다. 집현전 학사들 사이에서는 이 기회에 궐내에서의 정음 사용을 원천적으로 금지해야 한다는 주장까지 나왔다.

사대문 안 정음 벽서 사건

사대문 안 곳곳에 벽서壁書가 걸렸다. 『맹자』에 나오는 民爲貴민위귀, 社稷次之사직차지, 君爲輕군위경을 정음으로 풀어쓴 백서였다. '백성이 가장 귀하고, 사직은 다음이며, 군주는 가장 가볍다'라고 크게 쓰고 그 밑에 해당 한자를 작게 표시했다. 많은 사람들에게 정음은 생소한 것이었으나 정음이 전파되며 알아보는 사람들이 있었다. 특히 아녀자, 스님들이 그 내용을 알아보고 몰려든 사람들에게 그 뜻을 해석해 주는 경우가 많았다. 무려 사대문 안 70여 곳에 이 정음 벽서가 걸렸다.

의정부에 삼정승이 모였다. 영의정부사 황보인, 좌의정 김종서, 우의정 정분이었다. 김종서가 입을 열었다.

"언문과 관련된 패륜적이고 음란한 사건이 연달아 있더니 이제 괴이한 벽서가 사대문 안 곳곳에 걸리는 사태까지 이르렀습니다. 벽서 내용 자체가 사직을 폄훼하고 반역을 꾀하는 것입니다. 더 고약한 것은 정음을 내세우고 그 밑에 작게 진서 표기를 하는 방식으로 진서를 조롱하고 있다는 것입니다. 이제 가만두기가 어려운 상황까지 왔습니다. 뭔가 대책을 세워야 합니다."

정분이 이어받았다.

"먼저 벽서를 건 자들을 알아내 일망타진해야 합니다. 극형으로 다스려 다시는 이런 일이 일어나지 못하도록 해야 합니다."

황보인이 마무리했다.

"벽서는 말단에 불과합니다. 근본을 뿌리 뽑아야 합니다. 이 기회에 정음청을 아예 없애 버려야 합니다. 문종대왕 때 진작 없애야 했습니다. 언문을 가르치는 정음당이 독버섯처럼 번지고 있다고 합니다. 삼남 지방에 이미 상당히 퍼져 있고, 전국적으로도 100여 곳에 달한다고 합니다. 진서의 향내가 흐릿해지는 대신 언문의 구린내가 진동할 판입니다. 이를 금해야 합니다.

내명부에서 언문으로 교지를 내리고 간찰을 쓰는 것이 관행이 됐습니다. 불교 쪽에서는 언문이 그들만의 문자로 자리 잡고 있다고 합니다. 이걸 바로잡지 않고서는 제2, 제3의 벽서 사건이 재발하는 것을 막지 못할 것입니다. 지금 바로잡지 못하면 종묘사직이 위태롭게 됩니다. 차제에 언문의 씨를 말려야 합니다. 주상전하께 주청을 드려 윤허를 받도록 하겠습니다."

정전당 사건

이홍위는 의정부의 주청을 받아들여 맨 먼저 정음청 폐청을 지시했다. 그리고 벽서 사건에 가담한 자를 색출해 극형에 처하도록 명했다.

대대적인 색출 작업이 벌어졌다. 사대문 곳곳에 방을 붙이고 색출 작업에 도움을 준 자는 포상하고 자수한 자는 극형을 면하겠다 알렸다. 그 과정에서 무리한 방법이 동원되었다. 혐의자로 지목된 사람에 대해서는 의금부에서 다짜고짜 고문을 가했다. 압슬형이 시행되었다. 의금부에서는 비명 소리가 끊이지 않았다.

한 달 만에 양재에 사는 김성음이라는 자의 안방 구들장 밑에서 결정적인 명부名簿가 발견되었다. 그 집 하인의 밀고가 결정적이었다. 명부에는 총 57명의 이름이 올라 있었다. 35명이 양반이었는데, 그중 25명이 서얼 출신이었다. 그 밖에 서얼 출신 양반의 부인도 5명 있었다. 12명은 경기 일대의 사찰에 적을 두고 있는 중들이었다. 상민 출신이 8명이었고, 이 중 아녀자가 2명이었다. 나머지 2명은 남자 사노비였다. 김성음이 좌장 역할을 하고 있었다.

이들은 한 달에 한 번 경기 일대의 사찰에서 회합을 한 것으로 전해졌다. 남녀 구별 없이 정음으로 시가를 읊기도 하고, 자체적으로 경전을 언해하는 작업도 했는데 경전 중에서도 가장 집중적으로 언해를 한 것이 『맹자』였다고 했다. 그런 연유로 '백성이 가장 귀하고, 사직은 다음이며, 군주는 가장 가볍다'는 정음 벽서가 걸린 것이었다.

이들은 모임의 명칭도 갖고 있었다. 정전당井田黨! 맹자가 이상적인 토지 제도로 내세웠던 정전제를 현실에서 실현하는 것을 목표로 한다는 뜻에서 정전당이라는 이름을 지었다 했다. 정치적 목표를 내세워 '회會'라 하지 않고 '당'이라 했다는 것이다. 이들이 남긴 문서에는 유독 '군주민수君舟民水' 네 글자가 자주 등장했다. '인仁'을 거스르는 것을 적賊이라 하고, '의義'를 거스르는 것을 잔殘이라 한다. '적이나 잔이 되는 자, 이들은 임금이 아니고 범인凡人에 불과하다'라는 뜻풀이도 곳곳에서 발견됐다. 역모였다.

57명 중 52명은 참형에 처해져 길거리에 효수되었다. 그리고 김성음을 비롯한 주모자 5명은 공개리에 거열형車裂刑에 처해졌다. 팔다리가 찢어지고 피가 튀는 장면은 사람들을 몸서리치게 했다. 가산은 몰수해서 신고자들에게 포상으로 나눠 주었다. 그리고 가족들은 모두 관노비가 되었다.

한명회

한명회는 청주 한씨 명문가의 자제였다. 고려 때부터 명문가 집안이었다. 한명회의 증조부 한수는 정치가이자 대학자로 명성을 떨쳤다. 조부 한상질은 주문사奏聞使로 명나라에 가서 조선 국호를 허락받은 사람으로 예문관 대학사를 지냈다.

한명회는 부모를 일찍 여의고 마흔이 되도록 여러 번 과거에 응시했으나 번번이 낙방했다. 한명회는 울적한 마음을 다스리려 전국 곳곳을 돌아다니며 명산고찰을 둘러보기를 즐겼다. 오랜 친구 권람의 천거로 송도 경덕궁의 궁지기 자리를 얻었으나 얼마 되지 않아 그만두었다. 그러던 차에 오대산 상원사에 들렀다가 신미와 운명적으로 만났다.

신미는 한명회를 보자마자 범상치 않은 인물임을 직감했다. 한명회에게 떠나는 날까지 상원사에서 편하게 머물라 배려하고 자주 만남을 청했다.

어느 날, 신미가 위험천만하면서도 가슴을 뛰게 하는

말을 꺼냈다.

"자준子濬은 왜 벼슬을 하려 애쓰십니까?"

"양반가의 자제로 과거시험에 급제하려는 것은 너무도 당연한 일 아니겠습니까."

"벼슬을 해서 무엇을 이루려는 것입니까?"

"천도天道가 두텁고 널리 펼쳐지는 세상을 만들어야겠지요."

"내 자준의 관상을 보니 급제할 생각은 하지 않는 것이 좋겠소. 자준의 얼굴에는 시험운이 없소이다. 대신 진정한 천도를 이룰 귀인을 만나야 자준에게 관운이 드리울 상이오.

천도의 근본은 왕도도, 신도臣道도 아닙니다. 천도의 근본은 민도民道입니다. 천도의 햇빛이 임금과 신하에게만 내리쬐고 백성들을 외면해 백성들이 냉기에 떤다면 그 천도는 참 천도라 할 수 없을 것입니다. 천도와 민도가 만나 일체가 되려면 무엇보다 백성들이 문맹의 상황을 벗어나야 합니다. 자준께서 아는지 모르겠으나 그런 연유로 세종대왕께서 정음을 창제한 것입니다. 남녀노소, 양반 천인 구분 없이 정음을 익혀 성현들의 지혜를 얻게 하고, 자기의 말하고자 하는 바를 말하게 한다면 비로소 천도와 민도가 합일하게 될 것입니다. 익히기 어려운 한자로는 불가능한 일입니다.

자준, 수양대군에게 의탁하세요. 내가 수양대군에게 긴히 말을 넣어 놓으리다. 수양대군과 대업을 이루세요. 역성혁명으로 탄생한 조선에 지금 필요한 것은 문자혁명입니다. 문자혁명이 성공해야 조선에 대동세상이 만들어질 수 있습니다. 한자만 고수하는 한 대동세상은 불가능합니다. 성리가 어찌 한자로만 구현될 수 있다는 말입니까? 성리가 어찌 양반들의 전유물일 수 있다는 말입니까? 지금 불가에서는 불경을 정음으로 언해하는 작업들을 하고 있습니다. 불도는 승려들의 전유물이 아니라 만백성을 향해야 하기 때문입니다.

천도와 불도 모두 그 궁극은 민도여야 합니다. 백성이 글을 알고 지혜를 깨닫게 되면 민도가 만들어질 것이고, 민도가 만들어지면 새로운 대동세상이 열릴 수 있습니다."

한명회는 오대산을 내려와 오랜 벗인 권람을 찾았다. 권람과는 "남자로 태어나 변방에서 무공을 세우지 못할 바에야 만 권의 책을 읽어 불후의 이름을 남기자"고 결의한 사이였다. 권람은 우찬성을 지낸 권근의 손자로 과거에서 장원급제한 수재였지만 한직을 전전했다. 때문에 불만이 가득 쌓여 있었다. 당시 권람은 수양의 『역대병요』 편찬에 참여한 인연으로 수양대군의 문객으로 있었다.

한명회는 신미와의 일을 권람에게 말했다. 권람은 한명회를 수양에게 천거했다. 그렇게 해서 한명회는 수양의 모사謀士 대접을 받게 됐다. 한명회는 홍달손, 양정, 유수 등의 무인을 끌어들였다.

황표정사黃標政事에 대한 불만

이홍위에게는 가족과 관련해 두 가지 불행이 있었다. 하나는 아버지 문종이 자신이 더 자라기 전에 일찍 세상을 떴다는 것이고, 다른 하나는 나이 어린 임금을 대신해 수렴청정을 할 대왕대비와 대비 모두 생존해 있지 않다는 것이었다. 그러다 보니 뒷일을 부탁하는 문종의 유언을 받은 고명대신顧命大臣인 황보인, 김종서, 정분의 의정부 삼정승이 발을 칠 필요도 없이 대놓고 나랏일을 끌어갔다. 유력한 수단이 황표정사였다.

문종은 죽기 전 김종서에게 왕이 어려 인사人事를 제대로 할 수 없으니 어린 임금에게 인사안을 올릴 때 적임자에게 노란색 표시를 해 올리도록 하라고 당부했다. 황표정사가 새로운 것은 아니었다. 문종 당시 대군大君들이 사람을 추첨해 임금에게 올리면 노란색 표시를 하여 이조吏曹에 보내곤 했다. 왕족의 인사 특혜 수단이었던 황표정사가 고명정승들의 버젓한 인사개입 수단이 된 것이다. 삼정승이 황표를 붙여서 올리면 임금은 붓으로 낙점할 뿐이었다.

원래 인사는 이조의 관할이었으나 황표정사로 의정부 삼정승의 독단에 맡겨진 것이다. 삼정승은 공정하게 황표정사를 한다고 하지만 불만은 날로 높아 갔다. 대신들 중에는 삼정승이 임금을 보필하는 것이 아니라 임금의 권력을 휘두르고 있다는 불만이 쌓이고 있었다. 조정의 신하들은 "임금은 그 손을 요동하지 못하였고, 백관들은 명을 받을 겨를도 없이 턱으로 가리키고, 눈치로 시켜도 감히 누가 무어라 하지 못하였으며, 사람들이 정부가 있는 줄은 알아도 임금이 있는 줄은 모른 지가 오래됐다"며 탄식했다.

성삼문·박팽년 등 집현전 학사들은 정음청 폐청 등에는 찬동했으나 황표정사에는 매우 비판적이었다.

왕족들은 왕족들대로 불만이 컸다. 신료들이 대군들의 집을 방문해 인사를 청탁하는 분경奔競 제도가 있었는데, 의정부의 삼정승이 이를 금지하려 했던 것이다. 왕족들의 권한과 위세가 위축될 수밖에 없었다. 이에 수양이 앞장서 강력히 항의해 유명무실하게 만든 일이 있었다.

황표정사가 왕족들과 다수 대신들의 불만의 표적이 돼가고 있었다. 수양의 동생인 안평대군 이용과 금성대군 이유는 오히려 삼정승과 결탁해 황표정사를 통해 자신의 영향력을 휘두른다는 비난을 사고 있었다. 누런색에 핏빛이 배어들 날이 머지않은 것으로 보였다.

한명회, 수양에게 거사를 촉구하다

한명회가 운명적으로 신미를 만나 수양의 문하에 든 것은 신미의 '문자혁명론'에 크게 공감했기 때문이었다. 그런데 삼정승이 어린 왕을 앞세워 정음청을 폐청하고, 더 나아가 정음의 씨를 말리려 획책하고 있었다. 이런 급박한 움직임들에 대해 수양은 묵묵부답이었다. 한명회는 이제 자신이 본격적으로 나서야 할 때라고 생각했다.

"대군. 대군께서는 지금의 황망한 상황을 언제까지 두고 보실 생각이십니까?"

"나도 우려하고 있소만 방법이 없지 않소."

"세종대왕의 유훈을 잊으신 겁니까? 임금의 안위보다는 정음을 널리 퍼뜨려 조선이 더 빛나는 문명의 길로 나아가는 것이 중요하다는 그 절절한 유훈을 잊으신 겁니까? 신미대사가 말한 바 무지렁이 백성들이 문자를 알아 민도를 깨우치고 높일 수 있는 대동세상의 신념을 정녕 저버린 것입니까?"

"자준, 내가 그걸 어찌 저버릴 수 있겠소. 매일 밤 전전반

측하며 잠을 못 이루고 있소."

"두려운 것이지 않습니까? 이 난리를 다스리는 유일한 방도는 거병해 임금을 내리고 대군께서 옥좌에 오르는 것이거늘 그 방도를 취하는 것이 몹시 두려운 것이 아닙니까?"

"아니 자준은 내게 패륜하고 패도覇道하라고 종용하는 것입니까? 나는 한시도 문종대왕에 대한 흠모의 정을 놓은 적이 없었소. 문종대왕 위패 앞에 서서 임금을 지키겠다고 맹세했던 사람이오. 그런 내가 어찌 그런 발칙한 생각을 할 수 있다는 것이오."

"태종대왕께서 골육상쟁을 무릅쓰면서까지 옥좌에 오른 이유가 무엇이었습니까? 왕의 자리에 대한 욕심이었습니까? 신도의 나라가 아니라 민도의 나라를 세우시겠다는 일념 때문이었습니다. 폐세자하고 세종대왕을 왕위에 올리신 이유가 무엇이었습니까? 민도의 나라를 위해서는 문자혁명이 필요하고 그 적임자라 여기셨기 때문입니다. 대군께서 문종대왕에게 맹세한 것은 마음속의 일이요, 세종대왕으로부터 유훈을 받으신 것은 마음속의 일이 아닙니다. 생생하고 비장한 옥음玉音을 전달받고 대군께서 명을 받들겠다 한 것입니다. 대체 무엇이 우선이겠습니까?"

"조선 건국 후 지금까지 혼란의 연속이었소. 지금 임금은 유일하게 적장자로서 정통성을 체현하고 있소이다. 그걸 나보고 거스르란 말이오?"

"적통보다 먼저인 것이 혁통革統입니다."

"그럼 어떻게 해야 되겠소?"

"정난을 위해 칼을 빼들어야 합니다. 정음의 문제는 신권과 신도의 나라로 가느냐, 민권과 민도의 나라로 가느냐를 판가름하는 문제입니다. 대신들과 유생들은 정음을 자신의 기득권을 혁파하는 흉기로 생각하고 있습니다. 생사의 문제로 받아들이는 것입니다. 죽자사자로 나온다면 이쪽에서도 죽자사자로 대응해야 합니다. 태종대왕보다 더 냉정해져야 합니다. 더 많은 피가 흩뿌려져야 가능할 것입니다. 혁명은 피를 먹고 자랄 수밖에 없는 것이 고금의 이치입니다."

수양 부인 윤씨

수양의 부인 윤씨는 몸가짐이 바르고 현명하기로 소문이 나 있었다. 그래서 세종대왕과 소헌왕후는 윤씨를 아주 총애했다. 세자 이향의 빈들이 두 번 연속 폐빈된 일이 있었던지라 그들과 대비되어 총애를 더 살갑게 받았다. 첫째 아들이 때어날 때는 전례를 깨고 궐내에서 태어날 수 있도록 특혜를 받기도 했다.

윤씨는 겉으로 드러내지 않았지만 영민하고 대담한 성격의 소유자였다. 태종의 부인이었던 원경왕후 못지않았다.

윤씨는 남편 수양에게 잠 못 드는 밤이 잦아지고 있다는 것을 알고 있었다. 한명회가 거사에 대해 처음으로 의논을 한 사람도 바로 윤씨였다. 윤씨는 한명회의 뜻에 동감하며 적극적으로 돕겠다고 약속을 했다.

수양은 거사 문제에 대해서는 일절 입을 떼지 않았다. 워낙 과묵한 성격인데 최근에는 입을 여는 일이 더욱더 적어지고 있었다.

윤씨는 고개를 돌리고 누워 생각에 몰두해 있는 수양 반대편으로 고개를 돌리고 흘리듯 말했다.

"대군, 나는 대군의 아내가 된 것에 대해 늘 부처님께 감사하며 불공을 드려 왔습니다. 대군의 사내다운 패기가 자랑스러웠고, 대군이 높으신 뜻을 지니고 있다는 것에 가슴이 벅찼습니다. 그 뜻을 이루지 못해 대군의 목이 달아난다면 난 대군과 함께하기 위해 칼을 물고 죽을 것입니다. 두 아들과 딸도 다른 사람들의 손에 죽기 전에 제 손으로 먼저 보낼 것입니다. 대군이 죽고, 대군의 뜻이 이뤄지지 않은 세상에 산다는 것은 제게 아무런 의미가 없습니다. 대군, 망설이지 마세요. 저는 두렵지 않습니다."

수양은 돌아눕더니 아무 말 없이 윤씨를 꼬옥 안았다.

정난 당일 겁을 먹고 이탈하는 자들이 생겨났다. 거사 정보가 새나갈 게 뻔했다. 수양은 주춤했다. 윤씨는 갑옷을 챙겨 수양에게 말없이 입혔다. 그리고 아무 말 없이 수양을 대문 밖으로 이끌었다. 그곳에는 아이들이 있었다. 윤씨는 손에 들고 있던 장도長刀 두 자루 중 하나를 수양에게 건넸다. 다른 한 자루는 건네지 않고 두 손으로 받치고 있었다. 윤씨의 두 눈이 충혈돼 있었다. 눈물을 글썽이는 것이 아니었다. 결기로 두 눈이 불타오르고 있었다.

수양은 자신을 따르는 무인들에게 나아가 말했다.

"지금 내 한 몸에 종사의 이해가 달렸으니 운명을 하늘에 맡긴다. 장부가 죽으면 사직에 죽을 뿐이다. 따를 자는 따르고 갈 자는 가라. 나는 너희들에게 강요하지 않겠다. 만일 고집하여 사기를 그르치는 자가 있으면 먼저 베고 나가겠다. 빠른 우레에는 미처 귀도 가리지 못하는 것이다. 군사는 신속한 것이 귀하다. 임금의 악행을 거드는 것은 죄가 작지만 임금의 악행을 앞서서 이끄는 것은 죄가 크다 했다. 내가 곧 김종서와 황보인을 베어 없앨 것이니, 누가 감히 어기겠는가?"

거센 피바람이 불었다. 한명회가 작성한 살생부에 따라 황보인, 김종서, 정분 모두 저세상 사람이 되었다. 안평대군과 금성대군은 유배를 갔다. 안평대군은 삼정승과 한패가 되어 왕위를 차지하려 했다는 역모죄로 강화도로 귀양 갔다가 사약을 먹고 죽었다.

안평대군은 시서화에 출중했는데, 특히 서예 솜씨가 뛰어나 명나라 사신들이 황제가 원한다며 글을 얻어 가겠다 할 정도였다. 안평대군은 서화에도 극진한 애정을 갖고 있어 200점이 넘는 서화를 수장하고 있었다. 안평대군이 도화원圖畫院 화원이었던 안견에게 꿈속에서 복숭아꽃이 만발한 정원을 노닌 꿈을 말했는데, 안견이 그것을 그림에 담았다. 〈몽유도원도〉가 그것이다. 안평대군은 그 그림에 발문跋文을 적기도 했다.

시를 사랑했던 안평대군은 시로 인해 역모죄로 엮이는

운명을 맞았다. 김종서가 안평대군에게 준 시가 증좌가 되었다.

큰 하늘은 본래 고요하고 공허하니,
현묘한 조화를 누구에게 물으랴
사람의 일이 진실로 어그러지지 않으면,
비 오고 별 나는 것이 그로 말미암아 순응한다
바람을 따라 도리桃李에 부딪히면 화사하게 꽃소식을
재촉한다
촉촉한 윤기가 보리밭을 적시면 온 땅이 고르게 윤택해지리

상서로운 도원桃原의 꿈을 꾸었고, 김종서가 준 시에도 도리桃李가 또 언급되니 안평대군에게 복숭아는 비극적인 과일이었으리라.

문종의 묘에 엎드려 통곡하다

수양은 어둠이 채 가시지 않은 새벽녘에 호위무사 둘만을 대동하고 현릉을 찾았다. 수양은 호위무사를 물리고 혈혈단신 능 앞에 엎드렸다. 수양의 눈은 이미 젖어 있었다.

"문종대왕 폐하. 형님, 이 못난 동생놈이 형님과의 약속을 지키지 못했습니다. 형님을 이 몸 죽을 때까지 경외하고 조카를 지키겠다 맹서했건만 형님에게 패역을 저질렀습니다. 차라리 난을 일으켰다 구리독에 넣어져 불타 죽은 명나라의 주고후朱高煦처럼 되길 바라기도 했으나 제 맘대로 되지 않았습니다. 이놈을 용서하지 마십시오. 형님의 처벌을 달게 감수하겠습니다.

사람의 으뜸 도리가 효제孝悌라고 했습니다만, 효와 제 중에 하나를 버리고 하나를 취할 수밖에 없는 곤란의 지경에서 저는 효를 선택하고 말았습니다. 할아버지 태종대왕과 아버지 세종대왕의 유훈을 감당하기로 하였습니다.

형님, 피는 피를 부르고야 말 태세입니다. 제 수하들은 날이면 날마다 조카를 옥좌에서 내리고 제가 그 옥좌에 올라서야 한다고 말하고 있습니다. 저도 더는 물리칠 수가 없습니다. 저의 간악한 선택이 어떤 결과를 초래할지 너무도 잘 압니다. 끝내 조카를 죽여야 할 것입니다. 제가 임금이 된들 후세의 사람들은 저를 가장 패륜적이고 잔혹한 임금이라 욕을 할 것입니다.

형님, 제가 조선을 위해 감수해야 할 악역이 이것이라면 피하지 않을 작정입니다. 이제 형님의 묘를 찾는 일은 없을 것입니다. 피에 미끄러져 굴러가는 수레바퀴는 멈추는 순간 부서지게 돼 있습니다. 저는 어쨌든 그 수레바퀴를 굴려야 할 운명입니다. 그 수레바퀴에 깔려 죽는 일이 있더라도 저는 힘이 다할 때까지 굴려 나갈 것입니다.

형님, 나중에 저세상에서 만났을 때 제 머리를 철퇴로 부순들 저는 비명 외마디 내지 않고 의연하게 그 철퇴를 맞을 것입니다. 형님! 형님!"

수양은 동천에 해가 떠오를 때까지 엎드려 통곡을 했다.

계유년 정난이 있고 2년 후 영의정부사에 올랐던 수양은 경회루에서 선위의 형식으로 이홍위로부터 왕위를 물려받았다. 이홍위는 상왕이 되어 수강궁으로 물러났다.

이유, '문자 시무時務 10조' 교지를 내리다

이유는 왕위에 오르고 한 달 만에 시무 10조 교지를 내렸다.

"태종대왕과 세종대왕께서는 민본이 천도의 근본임을 밝히셨다. 세종대왕께서는 민본을 세우기 위해서는 뭇 백성들이 쉽게 익혀 쓸 수 있는 문자가 필요하다 생각하시고 훈민정음을 창제하고 반포하셨다.
그러나 이를 대놓고 반대하는 권신과 유생의 무리들이 있어 선왕들의 뜻이 곧이 펼쳐지지 못했다. 이들이 상왕을 농락하고 급기야는 역적 이용을 앞세워 모반을 하려는 뜻을 품기 이르렀기에 내가 난을 평정하였던 것이다.
나는 태종대왕과 세종대왕의 유훈에 한치의 어긋남이 없게 정사를 펴나갈 것이다. 이에 문자와 관련해 시급한 것들을 정리해 교지하니 이의 실행에 조금의 부족함이 없도록 하라.

첫째, 향후 교지는 한자와 정음 두 가지로 내리도록 하라. 백성에게 내리는 윤음綸音은 반드시 정음으로 내리도록 하라.
둘째, 내명부의 교지는 정음으로만 내리고 이에 대한 답서도 반드시 정음으로 올리도록 하라.
셋째, 정음 상언을 전면 허하도록 하라.
넷째, 종학宗學과 성균관에 훈민정음과 동국정운 과목을 개설하여 강론하게 해 종실宗室, 대소신료와 성균관 유생들이 강습할 수 있게 하라. 과거시험 과목에도 정음을 도입하도록 하라. 이두 구결을 정음 구결로 전면 대체하도록 하라. 먼저 천자문의 구결부터 그리하도록 하라.
다섯째, 정음당 금지를 폐한다. 향후 정음당에 대해서 어떠한 금압 조치도 허하지 않는다.
여섯째, 정음청 폐청을 폐한다. 정음청의 명칭을 간경도감으로 바꿔 사서삼경 등의 유경儒經과 불경의 정음 언해 작업을 하도록 하라. 개성부, 언동부, 성주부, 전주부, 남원부 등에 간경도감의 분사를 두어 서책 출간을 용이하게 하도록 하라.
일곱째, 훈민정음 언해본 발간을 간경도감의 첫 과업으로 하라.
여덟째, 의서인 『향약구급방』, 『향약집성방』, 『의방유취』, 『태산요록』 등에 대한 간이 언해서를 발간하여 팔도에 보급할 수 있도록 하라. 백성들의 구황救荒이 시급한바 『구황벽곡방』을 언해하라.

아홉째, 농서인 『농사직설』을 언해하여 널리 보급하라.

열째, 아녀자들의 정음시회正音詩會를 억압하지 말라."

실패로 돌아간 이홍위 복위 거사

함길도 도절제사 이징옥은 김종서의 측근이었다. 세종대왕 당시 북방의 6진을 개척할 때 김종서의 휘하에서 활약했다. 명나라 사신 윤봉이 해동청(우리나라의 사냥용 매)을 제멋대로 잡고 남의 집 사냥개를 빼앗자, 이에 격분해 몰래 사냥개를 돌려주고 잡은 해동청을 풀어줘 유배를 갔을 정도로 의기義氣가 충만하고 청렴결백한 무인이었다. 이징옥은 계유정난에 대한 반발과 자신의 제거 계획에 맞서 반란을 일으켰으나 부하의 배신으로 살해되어 무위에 그치고 말았다.

이징옥에게는 형 이징규와 동생 이징석이 있었다. 삼형제 모두 무인으로서 용맹을 떨쳤다. 그런데 얄궂게도 이징규와 이징석은 수양의 휘하에 들어가 계유정난에 참여했다. 그래서 이징옥의 아들들은 역모죄와 연좌되어 처형되고 딸은 노비로 전락했으나 이징규와 이징석은 처형을 면할 수 있었다. 이징옥의 반란이 아무 일 없이 끝나 버리면서 수양의 위세는 더 높아졌다.

집현전 건물로 쓰이고 있는 경복궁 수정전에 형조참판 박팽년, 승정원 좌부승지 성삼문, 집현전 부제학 이개가 모여 있었다. 박팽년이 먼저 입을 뗐다.

"수양 이자가 왕위를 찬탈한 것도 모자라 조선을 아예 오랑캐의 나라로 전락시키려 하고 있소. 조선은 성리에 기초한 사대와 모화의 나라요. 언문을 중시하겠다는 것은 사대의 근본을 버리는 것이오. 내가 명나라 천순황제가 몽골 오랑캐에게 사로잡혔을 때 편히 잘 수 없어 침소 밖에 짚을 깔고 잔 이유가 뭐겠소. 바로 조선이 사대의 나라이기 때문이오. 사대는 나라 밖 질서요. 신분은 나라 안의 질서요. 사대의 질서가 무너지면 나라 안의 질서도 무너지는 법이오.

의정부서사제를 폐지하고 육조직계제를 실시한다는 것은 신권을 무력화하고 노골적으로 패도霸道를 추구한다는 것이 아니고 무엇이겠소. 불경의 언해를 재촉하고 있으니 이는 숭불하고 억유하겠다는 것 아니오. 이러다 유교의 나라가 불씨의 나라가 되게 생겼소. 성현들이 조선을 굽어보며 뭐라 생각하겠소. 발칙하다 말씀하실 것이오. 내가 수양이 왕위를 빼앗을 때 경회루 연못에 몸을 던져 자진하려 했을 때 근보가 나를 막지 않았다면 이 패악의 짓들을 보지 않았을 것 아니오."

성삼문이 말을 이었다.

"이대로 두고만 볼 수 없습니다. 다시 왕을 제자리에 올려야 합니다. 내가 인수가 연못에 빠져 죽으려 했을 때 뭐라 말하며 막았소? 우리가 죽지 않아야 상왕 전하의 복위를 도모할 수 있는 것 아니겠소. 복위가 실패하면 그때 죽어도 늦지 않소."

이개가 말했다.

"먼저 사람들을 규합해야 합니다. 곧 명나라 사신이 올 것입니다. 창덕궁에서 상왕을 모시고 수양이 연회를 베풀 때 반드시 별운검을 세울 것이오. 별운검 중에 우리와 뜻을 함께하는 이들이 있어 연회에서 수양의 목을 벤 후 수양의 무리들을 주살하고 상왕을 복위해야 합니다."

박팽년, 성삼문, 이개 외에 성삼문의 부친 성승, 유응부, 하위지, 유성원, 김질, 권자신 등이 함께하기로 뜻을 모았다. 성승과 유응부가 별운검으로 선발돼 있었다. 이제 그날이 올 날만 남아 있었다.

그런데 일이 틀어졌다. 수양이 무슨 일이지 운검을 세우는 것을 거두고, 세자 또한 병이 있다며 나오지 못하게 한 것이었다. 그럼에도 유응부가 강행하려 하자 박팽년이 말렸다.

"지금 세자가 본궁에 있고, 공이 운검으로 서지 못하게 된 것은 하늘의 뜻입니다. 만약 지금 거사했다가 세자가 경복궁에서 군사를 일으킨다면 성공을 장담할 수 없으니 다른 날을 기다려야 합니다."

유응부가 반발했다.

"일이란 신속하게 진행해야 하는 법이오. 만약 미뤘다가 누설되기라도 한다면 모든 게 끝장이오. 지금 세자가 없다 하나 수양의 측근들이 모두 모여 있으니 이들을 모두 주살하고 상왕을 호위하여 호령한다면 성공할 수 있을 것입니다. 이 기회를 절대 놓쳐서는 안 됩니다."

성삼문이 재차 말렸다.

"만전의 계책이 아닙니다. 후일로 미뤄야 합니다."

거사가 미뤄지자 내부에 동요가 일어났다. 김질이 자신의 장인인 정창손을 찾아가 비밀을 털어놓았다.

"모든 징후가 거사가 실패할 조짐이니 먼저 조정에 고발해 목숨이라도 부지해야 하겠습니다."

수양이 몸소 주모자인 박팽년, 성삼문, 이개, 하위지, 유응부의 국문에 나섰다. 쇠를 불에 달궈 살과 뼈를 뚫게 하고, 팔을 자르는 등의 모진 고문이 가해졌다.

수양이 박팽년을 추국했다.

"네가 마음을 바꿔 나를 섬긴다면 목숨만은 살려 주겠다."

"나리, 필요 없습니다."

"임금에게 나리라고? 네가 예전에는 신하라고 자칭하지 않았더냐. 이제 와서 나리라고 하는 것이냐?"

"나는 한 번도 신臣이라 자칭한 바 없소. 내가 올린 문서를 보시오. 신이 아니라 거巨라 쓰여 있을 것이오."

다음은 성삼문이었다.

"너는 내가 양위받을 때 상왕에게 옥새를 건네받고 전해 올리지 않았느냐. 그런데 왜 이제 와 배신한단 말이냐?"

"하늘에 태양이 둘일 수 없듯이 백성에게도 임금이 둘일 수는 없는 일이오. 나의 임금이 자리를 빼앗긴 걸 어찌 두고 볼 수 있겠소."

"네 그러고도 내가 내린 녹을 먹지 않았느냐?"

"그런 적 없소이다. 내 집에 쌓아 두었으니 가서 직접 확인해 보시오."

유응부는 불에 달군 쇠막대로 몸을 지지는 고문을 당하면서도 눈을 부릅뜨고 말했다.

"막대가 식었다. 다시 달궈 오너라!"

이개는 병약한 사람이었다. 그러나 모진 고문을 받으면서도 안색을 조금도 흩트리지 않았다.

하위지는 "이미 나에게 반역의 죄명을 씌웠으니 주살하면 될 터, 무엇을 묻는다는 말인가?"라고 기개를 굽히지 않았다.

계유정난 후 수양은 집현전 학사들에게 자신의 공을 찬양하는 교서敎書를 쓰게 했다. 이에 다른 집현전 학사들은 도망가고 유성원 혼자 남아 있다가 협박을 당한 끝에 교서를 썼다. 그날 유성원은 집에 돌아와 밤새 통곡을 했다. 유성원은 박팽년, 성삼문 등이 체포되었다는 소식을 성균관 유생들로부터 들었다. 유성원은 아내와 이별의 술잔을 나눴다. 그리고 목을 찔러 자결했다.

이 거사 미수 사건으로 권자신, 김문기, 박중림, 성승 등 모두 70여 명이 거열형으로 죽거나 유배형에 처해졌다. 이들의 친자들은 목매달아 죽는 교형에 처해졌고, 가산은 몰수당하고 아내와 딸들은 노비가 되었다. 그리고 상왕 이홍위는 노산군으로 강등되고 영월로 유배되었다.

세종대왕의 여섯째 아들이자 수양의 친동생이기도 한 금성대군 이유는 박팽년 등의 복위 거사가 실패로 돌아간 후 순흥에 유배돼 있었다. 금성은 부사 이보흠과 함께 군사를 모으고 격문을 돌리며 의병을 일으켜 이홍위를 복위시킬 계획을 세웠다. 그러나 거사를 일으키기도 전에 관노의 고발로 처형당하고 말았다.

금성대군의 복위 계획까지 발각되자 대신들이 노산군을 처형해 반역의 근원을 없애야 한다는 상소가 이어졌다. 수양은 마지못한 듯 윤허했다. 노산군에게는 사약이 내려졌다.

김시습, 원호, 이맹전, 조려, 성담수, 남효온은 벼슬을 버리고 초야로 들어갔다. 남효온은 복위 거사 미수의 비극을 기록으로 남겨 후대가 알게 해야겠다고 마음먹었다. 그리하여 자신의 시문집 『추강집』 '육신전'에 이때의 일을 소상히 적어 남겼다.

원호는 고향 원주에서 은거하다가 이홍위의 죽음 소식을 들었다. 원호는 영월로 가 이홍위의 삼년상을 치렀다. 김시습은 아예 출가해 이름을 '설잠'이라 하고 전국을 떠돌아다녔다. 이맹전은 관직을 그만둔 후 대궐을 향해 앉지 않았다.

이제 수양에 맞설 사람, 세력은 존재하지 않았다.

『월인석보』의 간행

간경도감이 설치된 후 맨 먼저 훈민정음 언해본이 포함된 『월인석보』가 간행됐다. 『월인천강지곡』과 『석보상절』도 증보했다. 수양 이유는 훈민정음 언해본을 따로 간행하지 않고 『월인석보』 제1권에 싣고 책제목을 '세종어제훈민정음'이라 하였다. 이유는 『월인석보』를 통해 자신의 호불好佛적 입장과 세종대왕의 유훈인 훈민정음 언해본 발간을 동시에 이루려 했던 것이다.

여기에는 이유의 아픔도 배어 있었다. 세자로 책봉했던 큰아들 이장이 2년 만에 병사했던 것이다. 세자 이장이 죽자 이유는 왜 태종대왕께서 그리 폐세자를 머뭇거렸는지, 왜 세종대왕께서 문종대왕으로의 계승에 집착하고 손자 이홍위가 태어났을 때 그렇게 기뻐했는지 그 마음을 알 것 같았다. 조카에게 왕위를 빼긴 했지만 자기 이후로는 종법에 따라 적장자가 왕위를 이어가길 바랐던 것이다.

이장은 어려서부터 학업에 열중하고, 효심이 깊은 데다

성품이 바르고 온화해 이유는 그런 큰아들을 누구보다 아끼고 사랑했다. 이유는 세자를 공사 자리 구분하지 않고 항상 데리고 다녔다.

그런 이장이 병들어 병세가 깊어지자 이유는 승려 21명을 부르고 의정부 당상관과 6조 판서, 좌찬성 신숙주와 도승지 한명회 등도 참석시켜 경회루에서 공작재孔雀齋를 지내게 하는 등 온갖 노력을 다했으나 이장은 끝내 일어나지 못했다. 특히 둘째 원손이 태어난 지 두 달 만에 사망한 것이라 이유의 시름은 더 컸다. 이유는 요절한 세자에게 의경懿敬이라는 시호를 직접 내렸다. 온화하고 성스럽고 착한 것이 의요, 아침 일찍부터 밤늦게까지 경계하여 몸을 바르게 한 것을 경이라 해서 이런 시호를 내린 것이다. 이처럼 이유의 세자에 대한 애정은 아주 각별했다.

이유는 어머니 소헌왕후의 명복을 빌기 위해 『석보상절』을 지었다. 『월인석보』는 아버지 세종대왕과 세자 이장의 명복을 빌기 위해 지었다고 해도 과언이 아니었다. 그리고 겉으로 드러내지는 않았지만 어린 나이에 왕위에서 쫓겨나 죽은 조카 이홍위, 계유정난 때 죽임을 당한 많은 대신들, 이홍위 복위를 도모하려다가 죽은 동생 금성대군과 사육신 등에 대한 죄를 씻겠다는 마음도 담았다. 그때를 떠올리면 후회와 두려움의 정신적 고통이 일었고, 인생무상의 허망함에 빠져들지 않을 수 없었던 것이다.

이장은 죽기 전에 시를 남겼다. 아버지 이유의 왕위 찬탈을 보며 느꼈던 중압감과 왕권의 무상함을 표현한 시였다.

비바람 무정하여 모란꽃이 떨어지고
섬돌에 펄럭이는 붉은 작약이 주란朱欄에 가득 찼네
명황明皇이 촉 땅에 가서 양귀비를 잃고 나니
빈장嬪嬙이야 있었건만 반겨 보지 않았네

이유는 둘째아들 해양대군 이황을 세자로 책봉했다. 이황은 이장보다 열두 살이 어려서 세자 책봉 당시 여덟 살에 불과했다. 적장자 승계 원칙이라면 의경세자의 맏아들인 월산대군이 세자로 책봉되어야 했으나, 이유는 월산을 세손으로 책봉하고 해양을 세자로 삼은 것이다. 당시 월산의 나이는 네 살로 해양과 불과 네 살밖에 차이나지 않았다. 이런 결정을 내린 것은 자칫 월산을 세자로 세웠다가 나중에 자기가 조카의 왕위를 찬탈했듯이 해양이 자신의 조카 월산으로부터 왕위를 찬탈하며 피바람이 다시 불 것을 염려했기 때문이었다. 이유의 마음을 잘 아는 대신들은 아무도 이를 문제 삼지 않았다.

조선 최초의 정음 가사 「상춘곡」

간경도감을 설치한 후 수많은 언해서가 발간되었다. 『금강경』, 『언해경』 등 주요 불교 경전이 언해되었다. 사서삼경의 언해 작업도 속도를 내고 있었다. 의서와 농서, 잠서蠶書, 구황서 등 백성들의 생계와 실생활에 도움이 되는 언해 서책들이 잇따라 발간되었다.

정음당을 자유롭게 열 수 있게 되면서 전국 팔도에 우후죽순으로 생겨났다. 정음당이 많을 때는 전국에 200곳 넘게 있었다. 과거시험에 정음 과목이 신설되면서 정음을 배우려는 이들이 양반, 평민 가리지 않고 많아졌다. 정음을 깨우친 사람들이 많아지면서 언해한 의서와 농서 등을 구해 읽으려는 이들도 많아졌다. 조정에서는 전국의 간경도감에 발간 부수를 늘리도록 하고 필사도 자유롭게 하여 언해 책자가 널리 쓰이도록 조치했다.

아녀자들뿐만 아니라 양반 남정네들, 평민들 사이에서도 정음으로 시를 짓고 낭송하며 즐기는 시회가 유행하기 시작했다. 양반 아녀자들이 정음으로 간찰을 쓰는 일이 잦다 보니 남편과 자녀들도 정음으로 답장을 쓰는 일이 많아지게 된 것이다. 때로 신라 시대의 향가인 「처용가」나 고려 시대 가사인 「쌍화점」, 「이상곡」, 「만전춘」 같은 구전되어 오던 남녀상열지사를 정음으로 적어 음담패설을 나눈다 하여 이를 금해야 한다는 상소가 올라가기도 했다.

그러나 이유는 정음이 널리 퍼지는 과정에서 그 정도의 해악은 불가피하니 놔두라 이르는 정음 윤음을 내렸다.

정음으로 작성된 상언이 쏟아졌다. 많은 백성들이 정음을 익혀가고 있다는 증좌였다. 정음으로 임금에게 글을 올리는 상언이 많아지면서 이유는 백성들의 어려움을 더 잘 알 수 있었다. 또한 아녀자들이 그동안 얼마나 억눌려 있었는지를 깨달았다. 삼종지도가 지나치면 아녀자들에게 어떠한 폐해가 발생할 수 있는지를 생생히 알 수 있었던 것이다. 또한 양반들 사이에서 서얼 차별로 인한 울분이 얼마나 쌓여 있는가도 깨닫게 되었다. 이유는 이대로는 조선이 발전할 수 없겠다는 생각을 하게 됐다.

자성왕비 또한 정음 전파에 공을 세우고 있었다. 자성왕비는 정음으로 된 교지와 전유 등을 내·외명부에 소속된 이들뿐만 아니라 대신들에게 자주 내리고 정음으로 된 답서를 받아내려 했다. 대소신료들은 어쩔 수 없이 성균관의 정음 과목을 들어 깨우치지 않을 수 없었다.

그러나 양반 사대부들은 예외적인 경우가 아니고는 정음 사용을 극도로 피했다. 정음은 아녀자들이 쓰는 암클이요, 천한 자들이나 쓰는 언문에 불과하다는 생각이 확고부동했던 것이다.

세종대왕 당시 정극인은 세종이 흥천사를 중건하려 하자 유생들을 이끌고 부당함을 상고하다가 세종의 진노를 사 귀양을 갔을 정도로 숭유억불에 철저했다. 그러나 시가에 능한 데다 정음을 깨우치고는 그 사용에 남다른 재주가 있는 것으로 알려졌다.

이유는 정음을 널리 전파하는 유력한 수단으로 가사를 생각하고 있었다. 이유는 신라 진평왕 때 백제 무왕이 지었다고 전해지는 「서동요」를 떠올렸다. 「용비어천가」, 「월인천강지곡」 같은 궁중의 악장은 정음을 전파하는 데 한계가 있을 수밖에 없었다. 송나라의 대유大儒 정이천도 말하지 않았던가. "사람을 가르칠 때 그 사람 자신이 무엇을 하고 싶은지 알지 못하면 학문을 즐기지 못할 것이다. 이때에는 잠시 노래와 춤을 가르쳐야 한다"고.

정음으로 된 가사가 만들어지고, 이 가사가 필사되어 알려지고 음송吟誦하기 시작한다면 정음을 깨우치려는 사람들이 더 많아질 것이었다. 무엇보다 벼슬을 하고 있는 양반 사대부가 정음으로 된 가사를 쓴다는 것이 의미가 있었다. 나서서 금기를 깨야 할 사람이 필요했다.

이유는 사헌부 감찰로 있던 정극인을 불러 정음으로 된 가사를 지을 것을 권했다. 정극인은 이유의 왕위 찬탈 당시 사직하고 태인에 가 있었는데, 이유는 정극인에게 공권功券을 내려 다시 관직에 오르게 했다. 정극인은 이때의 고마움을 잊지 않고 명을 받들겠다 했다.

정극인은 정음으로 된 조선 최초의 가사 「상춘곡」을 지어 올렸다. 안빈낙도安貧樂道의 부동심不動心을 노래한 수작이었다. 이유는 간경도감에 명을 내려 「상춘곡」을 간행하라 명했다. 상춘곡은 아주 짧은 기간에 퍼졌고 노래로 불리었다. 양반, 평민, 남녀 할 것 없이 애창하는 가사가 되었다. 이유의 계획은 대성공이었다.

칼로 잘라냈는가, 붓으로 그려냈는가
조물주의 신통한 재주가 사물마다 야단스럽구나
숲 속에 우는 새는 봄기운을 끝내 이기지 못해
소리마다 교태를 부리는 모습이로다
물아일체이거늘 흥이야 다르겠는가

정극인은 나중에 정음으로 쓴 짧은 노래 「불우헌가」, 경기체가景幾體歌 한림별곡체인 「불우헌곡」을 지었다. 이 가사 또한 널리 읽히고 암송되었다.

정극인은 「불후헌곡」에서 이렇게 노래했다.

밭을 갈아서 먹고 샘을 파서 마시니
제왕의 힘을 알지 못하네
좋은 날을 가려 손님을 대접하는 자리를 펼치니
형제와 친구들이네

이시애의 난

회령부사를 지낸 함경도 길주군의 무인이자 토호인 이시애가 반란을 일으켰다. 함경도 전체가 이시애의 수중에 떨어졌다. 3만의 대규모 관군을 동원했으나 반년이나 지나서야 진압할 수 있었다.

이시애의 난(1467년)이 있기 전에 조사의의 난(1402년), 이징옥의 난(1453년)이 있었다. 65년 동안 세 번이나 큰 반란이 일어났던 것이다. 함경도 지역은 조선 건국의 발상지가 되었던 곳이다. 태조대왕이 이곳에서 탄생했고, 태종대왕이 태어난 곳도 이 지역이었다. 이처럼 조선 건국의 길지였던 이곳이 지금은 조선의 흉지凶地로 전락하고 만 것이다.

세종 당시 4군6진 북방 영토를 개척한 후 이들 지역에 백성들을 이주시키는 사민徙民 정책이 시행된 이래, 함경도의 지방관은 이 지역 호족 중에서 임명하는 토관土官으로 충원해 왔다.

그런데 이징옥의 난이 일어난 후부터 이유는 북쪽 변방

출신의 장수를 불신해 그 지역 출신의 수령 임명을 피하고 한양에서 관리를 파견했다. 더해서 호패법을 강화하여 지방민의 이주를 금했다.

그러자 이곳의 호족들은 그들의 세력 아래 있는 다른 지방 사람들이 본고장으로 돌아가 자신의 세력이 위축될 것을 두려워했다. 이런 위기감이 이시애의 난으로 폭발한 것이었다.

이유는 토관 정책으로 돌아가기도, 호패법을 고치는 것도 저어했다. 이유는 사민徙民에서 사문徙文으로 나아가야 한다고 생각했다. 북방 지역은 비옥하고 너른 평야가 드물어 식량이 늘 부족한 곳이었다. 북풍한설이라 할 만큼 기후도 거친 곳이었다. 그 때문인지 다른 지역에 비해 문맹인 백성이 많았다. 지세가 거칠고, 기후가 거칠고, 사람도 거칠었다.

이유는 무엇보다 이곳에 문자가 필요하고, 문명이 필요하다 보았다. 문자를 모르니 상언 등을 할 수 있는 언로가 막힐 수밖에 없고, 그러다 보니 반란으로 이어진다고 본 것이다. 문자와 학문이 활발해지면 이 지역 출신이 중앙 관료로 진출하는 일 또한 용이해질 것이었다.

세종이 훈민정음 어제서문에서 말하지 않았던가. "우리나라 말이 중국말과 달라 한자와는 서로 통하지 않으므로 어리석은 백성이 말하고자 하는 바가 있어도 끝내 제 뜻을 펴지 못하는 사람이 많으니라." 북방에는 무엇보다 세종대왕의 훈민정음 창제 정신이 필요했다.

이유는 교서를 내렸다. 북방 지역 요소요소마다 정음당을 설치하고 정음을 가르칠 이들의 북방으로의 이동을 장려할 것이며, 이동하는 이들이 끼니 걱정에 시달리지 않도록 관찰사와 각 고을의 수령들이 부족하지 않게 지원하라는 명을 내렸다.

궐 안에 「월인천강지곡」 노래가 울려퍼지다

계유정난으로 시작해 이징옥의 난, 이홍위 복위 거사 관련자 처형, 이시애의 난까지 피바람 불고 숨가쁜 나날이었다. 이유도 사람인지라 형 이향, 조카 이홍위, 집현전 학사들을 생각하면 무척 괴로웠다. 그 세월을 견뎌낸 것은 오로지 아버지 세종대왕의 문자혁명 유훈을 이루기 위해서였다.

이제 조선은 한자의 나라에서 한자와 정음의 나라로 변모해 가고 있었다. 양반 사대부들은 여전히 한자에 집착하고 있었지만, 나머지 계층에서 정음은 그들의 문자가 돼가고 있었다. 궁궐에서는 정음이 완전히 자리를 잡았다. 왕비가 나서서 정음으로 교서를 내리고 정음으로 답서를 받게 한 것이 큰 효과를 거두었다. 대신들도 정음을 배우지 않을 수 없었던 것이다. 과거에 정음 과목이 만들어지고 정음 언해 책들이 발간되면서 전국적으로 정음 배우기 열풍이 일어났다.

특히 아녀자들 사이에서 정음 열풍은 대단했다. 그동안

봐도 못 본 체, 들어도 못 들은 체 억눌려 왔던 아녀자들에게 정음은 일종의 탈출구 역할을 하고 있는 것으로 보였다.

몇 년 전 적중이라는 궁녀가 아우 임영대군의 아들인 귀성군 이준에게 정음으로 연서戀書를 써서 환관 최호와 김중호에게 전해 달라 했다가 이준이 아비와 와서 고해 바쳤던 사건이 있었다. 이유는 오랫동안 보아온 환관들이라 사형은 피하고 싶었으나 중신들의 요청으로 장살杖殺로 다스리게 했다. 이유는 이 사건이 왕가 종친을 더럽히는 발칙한 사건이라고 노하며 말했지만, 속으로는 궐내에 이제 정음이 완전히 자리 잡은 것을 알리는 사건이라 생각해 마냥 나쁘지만은 않았다.

임금의 수레 행차가 있을 때면 그 지역의 기로耆老(60세 이상의 노인)와 유생, 기녀들이 임금에게 정음으로 가요를 지어 올리곤 했다. 황주에서, 평양부에서도 그랬다. 남대문에 왕비와 함께 행차했을 때는 임금뿐만 아니라 중궁에게도 가요를 지어 올렸다. 특히 최윤제 등 성균진사들이 가요를 바쳐 올린 것이 뜻깊었다. 아직은 미미하지만 양반 사대부들 가운데서도 정음을 익히고 쓰는 흐름이 서서히 만들어지고 있었던 것이다. 바야흐로 할아버지 태종과 아버지 세종의 유훈이 이뤄지고 있었다.

이유가 사정전思政殿에서 술자리를 마련했다. 왕실의 종친들과 재신宰臣, 제장諸將들을 모두 불렀다. 이유는 오늘은 거나하게 취하고 싶었다. 이 정도면 문자혁명을 어느 정도 이뤘다는 자족自足의 마음이 일었다. 광평대군 이영의 아들 영순군 이부에게 명해 주연 자리에 불려온 8명의 기녀에게 정음 가사를 주어 부르도록 했다. 그 정음의 가사는 세종대왕께서 직접 지은 「월인천강지곡」이었다. 경복궁 사정전 주위로 「월인천강지곡」이 울려 퍼졌다.

이유의 눈에서 주체하지 못하고 눈물이 뚝뚝 떨어졌다. 죽은 이들에 대한 슬픔, 할아버지와 아버지의 유훈을 이룬 기쁨이 범벅되어 눈물로 떨어지고 있었다.

이유는 정인지, 신숙주, 한명회를 불러 술을 따라 주며 말했다.

"정 대감, 정 대감이 주연에서 짐에게 너라 부르는 말실수를 했었소. 신 대감은 술에 흥취해 짐과 팔씨름을 했다가 내 팔을 꺾어 버린 적이 있었소. 정 대감과 한 대감은 이시애의 반역 때 연루됐다는 고변이 있어 옥에 가둔 적이 있었소. 그럴 때마다 엄하게 다스려야 한다는 상소가 빗발쳤소이다. 그 외에도 여러 가지 일로 대감들에 대한 상소가 많았지만 짐은 다 물리쳤소. 대감들이 죽음을 무릅쓰며 세종대왕의 유훈을 함께 감당하려 하는 동지들이었기 때문이오. 맹자께서 말씀하지 않았소. '사람 중에 덕과 지혜, 기술과 지식을 지니고 있는 자는 항상 환난 속에 있다. 오직 외로운 신하와 서자들만이 마음가짐이 편안하지 않고 환난을 근심하는 것이 깊기 때문에 사리에 통달하게 된다'고 말이오. 대감들은 내게 그런 신하들이오. 짐은 늘 그대들에게 고마운 마음이 있소. 내 죽는 날까지 그대들을 잊지 못할 것이오."

"성은이 망극하옵니다."

이유는 조용히 호조판서 노사신을 불렀다. 노사신은 세종의 장인인 심온의 외손자로, 어머니 소헌왕후의 이종조카였다. 그의 할머니는 소헌왕후의 아버지인 민제의 딸로 세종대왕의 어머니인 원경왕후는 그의 이모할머니였다. 노사신을 보니 할아버지와 할머니, 아버지와 어머니 모두가 한꺼번에 떠올랐다. 그분들의 기쁨, 괴로움이 노사신의 몸에 모두 농축돼 있는 것으로 느껴졌다. 이유는 노사신의 어깨를 잡고 하염없이 눈물을 흘렸다. 노사신의 눈에서도 눈물이 멈추지 않았다.

저 멀리에서 꺼이꺼이 목놓아 우는 울음소리가 들렸다. 백부 양녕대군이었다. 양녕은 알고 있었다. 이유가 하염없이 눈물을 떨구는 까닭을. 조카 이유가 얼마나 힘들고 괴로운 나날을 보냈을까. 양녕대군은 조카의 우는 소리에 파묻혀 한없이 울고 싶었던 것이다. 왕가에서 태어난 자신의 얄궂은 운명을 한탄하며 눈물로 그 한탄을 쏟아내고 싶었다.

이유의 사망

이유는 임금이 되고 나서 불면증에 시달렸다. 편하게 잠을 이룬 날이 하루도 없었다. 술을 마시는 날이 잦아졌다. 술로 시름을 잊고 싶었으나 별 소용이 없었다. 해가 갈수록 기가 쇠약해지고 정신이 혼미해짐을 느꼈다. 신경이 날카로워지는 일이 빈번했다. 설상가상으로 심한 피부병에 시달렸다. 어의는 대풍라大風癩라고 했다. 온몸에 염증이 생겼다. 이유가 병석에 누웠다. 이유는 이제 갈 때가 됐다고 생각했다. 왕비가 옆을 지키고 있었다. 이유는 이날 왕비를 부인이라 불렀다.

"부인, 이제 내가 가야 할 때가 온 것 같소."

"무슨 말씀을 그리 하십니까. 약한 모습 보여서는 안 됩니다."

"그대가 나의 부인이어서 늘 행복했소이다. 부인이 없었더라면 내가 임금의 자리에 오르는 것도, 세종대왕의 유훈을 따르는 것도 불가능했을 것이오. 나는 부인에게 늘 고마움을 느끼고 있었소. 내 비록 신하들의 청으로 후궁을 들이기는 했으나 내 마음속 부인은 오로지 당신뿐이었소. 그래서 특별한 일이 아니면 되도록 부인을 대동하려 했고, 부인의 의견을 존중하고 반영하려 노력했소. 내 이제 천수가 다해 부인과 해로하지 못하고 먼저 간다고 생각하니 마음이 아프오.

내가 적장자 계승을 허물고 임금의 자리에 올랐지만 내 후대만은 적장자들이 왕위를 계승하기를 바랐소. 그래서 세자 이장이 죽었을 때는 하늘이 무너지는 줄 알았소. 둘째 황을 세자로 세울 때는 내 팔자를 원망했소. 종법宗法을 따르려면 이장의 큰아들 월산대군을 세자로 책봉해야 하지만 또다시 나와 같은 일이 일어나 왕이 된 어린 월산대군에게 황이 칼을 겨누는 일이 없어야 한다는 생각에 황을 세자로 세우고 월산을 세손으로 세웠다는 것을 잘 알 것이오.

내 이제사 부인에게 털어놓을 것이 있소. 나는 그동안 노산군의 어미 권씨의 원혼에 시달려 왔소. 권씨가 자주 꿈에 나타나 '네가 형의 장자를 죽이고 왕위를 빼앗았으니 너의 적자들과 너의 적장손들에게 저주를 내려 모조리 요절하게 할 것이다'라고 말하며 내 얼굴에 침을 뱉고 갔소. 그 후로 내 몸에 심한 피부병이 생겼소. 세자는 성정이 굳건하지만 몸이 약해 걱정이오. 의경이 족질足疾을 앓다가 이른 나이에 죽었는데 지금의 세자도 같은 족질을 앓고 있다는 것이 너무 마음에 걸리오. 세손 월산대군도 몸이 약하고 세자의 장손 제안대군도 몸이 약해 걱정이오. 권씨의 저주가 걱정이오. 부인께서 지켜보았다가 적장자가 병약해 수명이 오래가지 않을 것 같으면 차자를 세워서라도 저주에서 벗어나기를 바라오.

세자에게 걱정되는 바가 있소. 세자는 내 성품을 닮아 매우 굳센 성정을 갖고 있소. 정난과 두 번의 반란을 진압하면서 많은 공신들이 생겼소. 내가 더 살 수 있다면 공신들을 정리하겠소만 그럴 수 없어 한스럽소. 세자가 자기 성격만 내세워 공신들과 깊은 갈등을 겪게 될 것 같아 걱정스럽소. 자칫 그 갈등으로 인해 문자혁명이 가로막힌다면 아니될 일이오.

부인, 만일 세자가 일찍 죽고 어린 대군이 임금의 자리를 물려받게 된다면 부인이 수렴청정을 해야 할 것이오. 부인이 실질적인 임금 노릇을 해야 하오. 그래서 왕위 문제, 공신들과의 문제에 잘 대처해 주시기 바라오.

조선은 숭유억불의 기치를 내걸고 건국했소. 그러나 나는 나이를 먹어 갈수록 유교의 편협함에 회의를 느끼게 되었소. 유교는 양반 사대부의 학문이지 뭇 백성의 학문이 될 수 없소. 왕도와 신도만 추구할 뿐 민도는 저버리는 학문으로 전락해 가고 있소. 백성들 가운데 불교가 여전히 자리 잡고 있는 것은 다 이유가 있소. 조선이 숭유의 기치를 내릴 수는 없소. 그러나 억불로 나아가서는 안 되오. 조선은 숭유존불崇儒尊佛의 사회가 되어야 하오. 유교와 불교가 공존하는 나라가 되어야 하오.

나는 조선의 이세민이 되고 싶었소. 당태종이 자기 친형인 세자를 죽이고 왕위에 올랐지만 많은 업적을 남겨 그의 치세 기간이 '정관의 치'라는 칭송을 받았듯이, 나도 백성들과 후대로부터 칭송을 받고 싶었소. 내 치세가 거기에 미치지는 못했지만 정음이 널리 퍼져 쓰이게 하는 데에는 나름의 업적을 남겼다고 자부하고 있소. 이제 마음에 담아두었던 말을 부인에게 다 했소. 이제 맘 편하게 눈을 감을 수 있을 것 같소.

형님, 이 못난 동생 저세상에서 형님께 부복하고 죄를 빌겠습니다. 분이 풀리실 때까지 맘껏 매질을 하십시오. 아바마마, 아바마마께는 고생했다, 잘했다 말씀 듣고 싶습니다. 그 말 들으면서 아바마마 앞에서 어린아이처럼 한없이 울겠습니다."

이유는 왕비의 손을 꼭 잡고 눈을 감았다. 왕비는 다짐했다. '당신의 뜻을 따르겠다'고. '독한 마음 먹고 따르겠다'고.

이유가 병석에 누운 뒤로 세자 이황이 대리청정을 하고 있었다. 이황을 보좌하기 위해 원상제院相制가 시행됐다. 대신들의 섭정이 시작된 것이었다. 이유가 세상을 떠나기 전날, 세자 이황이 19세의 나이로 수강궁에서 임금으로 즉위했다. 나이 어린 임금을 보좌하기 위해 한명회, 신숙주, 최항, 홍성윤, 김질 등으로 원상院相을 확대했다.

5

정치혁명가 최세진

이황의 공신 숙정

이황은 세자 시절부터 아버지 이유의 문자혁명에 대한 의지를 잘 알고 있었다. 그것이 할아버지의 유훈이라는 것도 알고 있었다. 세종대왕이 문자혁명의 수단인 정음을 만들었다면, 아버지는 문자혁명의 새 시대를 열었다고 생각했다.

신하들이 이유의 묘호廟號로 신종, 예종, 성종을 올렸다. 이황은 이 묘호가 아버지의 정신과 업적을 제대로 드러내지 않는다고 보았다. 이유는 새로운 시대, 새로운 조선을 열었다. 새로운 조선을 개국했다. 그에 어울리는 묘호는 세조라 생각했다. 이 묘호를 제시하자 중신들이 거세게 반대했다. 이황으로서는 문자혁명의 대의를 함께했다는 정인지, 신숙주, 한명회조차 반대하고 나서는 것을 도저히 이해할 수 없었다. 저들은 문자혁명의 대의가 무엇인지 제대로 알고 아바마마와 함께한 것인가, 아니면 그냥 호랑이 등에 올라탔을 뿐이었던가? 이황의 고집으로 이유의 묘호는 세조로 확정되었다.

이황은 아버지 이유와 함께 새 시대를 연 공신들을 아버지가 존중하고 큰 잘못을 저질러도 웬만하면 덮어 주려 했던 마음을 잘 알고 있었다. 칼바람을 맞으며 창업을 하고 온갖 저항을 뚫고 헤쳐 온 동지들이 아닌가.

그러나 이황은 자신은 아버지가 아니라 생각했다. 달라야 한다고 생각했다. 아바마마의 유지는 계승하되 도를 넘는 공신들의 발호는 엄히 다스려야 한다고 생각했다. 과감한 숙정을 해야 한다고 생각한 것이다. 오래지 않아 숙정의 시간이 닥쳤다.

세조도 어느 때부인터가 공신들의 힘이 커지는 걸 우려했었다. 공신에는 계유정난과 이징옥의 난을 수습했던 구舊공신과 이시애의 난에서 활약했던 구성군 이준, 남이, 강순 등의 신新공신이 있었다. 세조는 이들에 대해 숙정의 칼을 대는 대신, 신공신과 구공신 간의 상호 견제로 이들의 발호를 억누르려 했다. 그러나 그가 세상을 떠나면서 무위가 되어 버렸다. 이황은 세조의 온건 견제책 대신 숙정이라는 강경책을 택하기로 마음먹었다.

이황은 남이를 눈여겨보고 있었다. 남이는 18세에 무과에 급제해 사람들의 이목을 끌었다. 보통 무과 급제자의 나이는 30세 전후였다. 명나라 사신 강옥이 남이의 활 쏘는 모습을 보고 싶다 청하여 본 뒤 세조에게 든든하시겠다며 추켜세웠던 적도 있을 정도로 무예에 출중했다.

남이는 이시애의 난을 평정하고 북방 영토를 어지럽히던 건주여진의 추장 이만주를 죽인 공으로 세조의 총애를 받았는데, 급격히 직위가 올라 27세의 나이에 의산군宜山君에 책봉되고 병조판서 자리에 올랐다. 남이는 태종의 외증손이자 권람의 사위라는 배경도 갖고 있었다. 남이는 이시애의 난 평정 당시 총사령관이었던 이준이 영의정 자리에까지 오른 것이 과하다 생각해 술자리에서 이를 지적하는 발언을 했다가 세조로부터 역정을 산 적도 있었다. 세조는 남이에게 자만하지 말라고 따끔하게 충고를 했다. 그러나 남이는 분출하는 기운을 꺾지 못했다.

이황은 즉위하자마자 형조판서 강희맹과 중추부 지사 한계희의 "남이의 사람됨이 병사兵事를 맡기기에는 마땅치 못하다"는 주청을 받아들이는 식으로 남이를 겸사복장으로 강등해 버렸다. 한계희는 한명회의 6촌 동생이었다. 구공신의 칼을 빌려 신공신의 발을 내리친 것이었다.

남이는 이 일로 큰 불만을 가졌다. 그러던 중 궁궐에서 숙직하는 날, 혜성이 나타났다. 이를 본 남이는 묵은 것을 없애고 새것이 나타나려는 징조라고 중얼거렸다. 이 말을 들은 병조참지 유자광이 고변을 했다. 혜성 출현에 대한 일반적인 해석을 입에 올린 것에 불과한데, 임금이 남이를 숙정하려 한다는 걸 알아챈 유자광이 남이가 역모의 뜻을 품고 있다고 일러바친 것이었다.

남이는 즉시 체포되어 혹독한 국문을 받았다. 모반 혐의를 강력히 부인했으나 기어이 모반을 만들려는 고문 앞에서는 용장勇壯도 어쩔 수 없었다. 남이가 "한명회가 어린 왕을 끼고 권력을 휘두를 것이니 이를 제거해 나라의 은혜에 보답하려 한다"고 말했다는 여진 출신 무장武將 문효량의 증언까지 나왔다.

자포자기하여 모반을 시인한 4일 뒤 남이는 영의정 강순, 조경치, 변영수 등 30여 명과 함께 거열형에 처해졌다.

> 백두산 돌은 칼을 갈아 없애고
> 두만강 물은 말을 먹여 다하리
> 남자 나이 스물에 나라를 평안케 하지 못하면南兒二十未平國
> 뒤에 누가 나를 대장부로 부르리오

이 시는 남이가 이시애의 난을 평정하고 지었다는 한시漢詩 「북정가北征歌」인데, 용렬한 기개가 담백하게 드러나 있다.

그런데 남이가 이 시에 평平이라는 글자가 아니라 득得 자를 쓰고자 했다며 모반의 뜻을 드러낸 것으로 몰아갔다. '남자 나이 스물에 나라를 얻지 못하면'으로 바꾼 것이다.

이황은 다음으로 구공신을 노리고 있었다.

민수사옥과 이황의 구공신 숙정 계획

이황에게 가장 큰 걱정거리이자 위협은 구공신이었다. 이황의 눈에는 구공신이 문자혁명의 대의를 버리고 벼슬과 재산이라는 소리小利를 탐하는 이들로 변질된 것으로 보였다. 문자혁명의 공신에서 탐욕스런 벼슬아치들로 퇴색해 가는 것으로 보였던 것이다. 이래서는 대의를 그르칠 수 있다는 위기의식이 강하게 들었다.

그래서 이황은 즉위하자마자 바로 분경을 금지하고 인사에 관여한 자는 지위 고하를 막론하고 극형에 처하겠다고 선포했다. 이황이 분경을 금지시키라며 사헌부의 서리를 정인지에게 보냈는데, 이 일로 정인지의 종과 몸싸움을 벌인 일까지 벌어졌다.

그런 와중에 민수사옥閔粹史獄이 터졌다.

당시 『세조실록』의 편찬이 진행되고 있었는데, 신숙주·한명회 등이 책임자로 춘추관에서 실록의 원고가 될 사관史官의 사초史草를 거두어들이고 있었다. 이때 사초에 작성자의 이름을 쓰도록 했다는 말을 듣고 사초를 작성했던 봉상시첨정 민수閔粹는 사초에 구공신들을 신랄하게 비난한 것이 문제가 되어 화를 당할까 봐 두려워 이를 빼내 고치고자 했다. 몰래 봉교 이인석과 첨정 최명손에게 부탁해 자신이 쓴 사초를 빼내려 했으나 실패하고, 기사관 강치성에게 부탁해 드디어 사초를 빼냈다. 그런데 바쁘게 고치다 보니 정서程書하지 못하고 반납하게 되었다.

검열 양수사와 최철관이 민수의 사초에 첨삭이 있고 고친 흔적이 있는 것을 발견하고 참의 이영은에게 알렸고, 이영은은 이 사실을 당상관에게 보고했다. 그리고 임금에게도 보고돼 민수는 의금부에 투옥되었다. 이황의 친국에 민수가 자복하자 장형에 처한 후 제주의 관노로 보냈다. 강치성은 목이 잘렸다. 이인석·최명손은 이 사실을 알고도 고하지 않았다 하여 장형에 처해진 후 군역에 편입되었다.

사초의 개서改書로 인해 발생한 사건이라 하여 사옥史獄이라 했다. 이 사건 후 사옥이 재발하는 것을 막기 위해 사초에 작성자를 밝히지 않는 옛날 방식으로 돌아갔다.

이황은 이때의 국문을 통해 정인지, 신숙주, 한명회 등 구공신들의 죄악을 상세하게 파악할 수 있었다. 특히 한명회의 죄상을 소상하게 꿸 수 있었다.

좌의정 한명회는 이황이 세자 시절 첫 세자빈의 아버지로 이황의 장인이었다. 첫 세자빈은 이황이 열한 살일 때 원손

인성군을 낳은 뒤 병으로 요절했다. 인성군의 이름은 이분李糞이었다. 원손의 이름에 똥 분糞 자를 쓴 것은 이름을 천하게 지어야 오래 살 수 있다는 속설을 따른 것이었다. 그러나 인성군도 세 살 때 세상을 떴다. 한명회의 막내딸은 의경세자의 둘째 아들인 질산군과 결혼했다. 큰딸은 신숙주의 며느리가 됐다. 공신인 데다 왕의 장인, 좌의정으로 원상의 으뜸인 한명회의 기세는 하늘을 찌를 듯했다.

이황은 한명회를 제거해야만 문자혁명의 정신이 퇴락하는 것을 막을 수 있다 다짐하고 있었다. 한명회의 부패를 둘러싸고 여러 말들이 나돌고 있었는데, 민수의 사초로 그 증거를 확보한 것이다.

민수의 원래 사초에는 한명회가 여러 건의 인사에 개입하고 막대한 부를 쌓은 사실들을 적시하고 있었다. 그런데도 권세가 막강해 대간들은 입도 벙긋하지 못하는 실정이었다. 정인지의 경우는 선왕에게 무례한 발언을 한 사례들이 적혀 있었다. 정인지는 "아기들이 젖으로 생명을 키워 나가듯 막걸리는 노인의 젖줄"이라고 말할 정도로 애주가였는데, 술자리에서 임금에게 도를 넘는 발언을 자주 했다. 심지어 불경 언해 정책에 불만을 표시하고 선왕을 '너'라고 지칭하며 "네가 그리하는 것을 나는 하지 않겠다"고도 했다. 또한 봄에 곡식을 빌려주고 가을에 5할 이상의 이자를 받는 장리長利를 해 재산을 늘렸다 해 대간의 탄핵을 받기도 했다. 정인지는 세조의 처남들인 윤사로, 윤사균, 그리고 태종대왕의 사위인 은성군 박종우와 함께 사부四富로 불릴 정도로 거대한 부를 쌓았다.

최항, 정창손, 홍윤성 등 구공신들의 폐해를 탄핵하는 내용들도 들어 있었다. 이황은 측근 대간들을 움직여 탄핵 상소를 하게 한 후 한명회 등을 삭탈관직하겠노라 다짐했다. 이황은 이 일을 누군가와 상의해야 한다고 생각했다. 이황이 떠올린 것은 왕비의 아버지 한백륜이었다. 그러나 이는 이황의 큰 실수였다. 정국에 일어날 평지풍파를 두려워한 한백륜이 이 문제를 이황의 어머니 자성대비와 상의를 했던 것이다.

이황과 자성대비의 갈등, 그리고 파국

한백륜으로부터 이황의 흉심胸心을 전해들은 자성대비는 경악했다. 자성대비는 남편 세조대왕으로부터 성격이 강한 이황이 임금이 된 후 공신들과 갈등을 빚고, 그것이 문자혁명의 대의를 훼손할까 걱정이니 이를 잘 다스려 달라는 유훈을 받았다. 세조대왕도 공신들을 억제할 필요를 느끼고 있었으나, 이는 시간을 두고 점진적으로 할 일이지 단칼에 무 베듯 해서는 감당하지 못할 후과를 가져올 것이라고 우려했다.

자성대비가 이황을 찾아가 다짜고짜 한백륜에게 들은 바를 따져 물었다.

"주상께서 민수의 사초 개서 건을 다루시면서 알아낸 공신들의 비위 건을 문제 삼아 이를 공신 척결의 기회로 삼겠다고 했다는데 이게 사실입니까?"

"그렇습니다, 어마마마. 공신들의 비리를 안 이상 그냥 넘어갈 수는 없습니다."

"공신들은 선왕과 함께 새로운 조선을 열기 위해 몸과 혼을 다 바친 이들입니다. 이들을 처단하는 것은 선왕에게 불효하는 것이고 유훈을 위배하는 것임을 잘 아시지 않습니까."

"비록 그들의 공이 크다 하나 그들이 그 공을 믿고 악행을 저지르는 것을 묵과한다면 이는 아바마마의 유훈과 정신을 훼손하는 것입니다."

"주상, 아무리 옳은 일을 한다 하더라도 완급이 있어야 하는 법입니다. 마음만 앞서서는 안 됩니다. 공신들의 팔을 한꺼번에 비틀면 사직이 위태로워질 수 있습니다. 이 어미의 말을 새겨들어 주세요."

"어마마마, 이 문제만은 제 뜻대로 하겠습니다. 혜량해 주십시오."

남편이 죽어가면서 우려했던 일이 현실이 되어 가고 있었다. 보위에 오른 지 얼마 되지 않고 아직 나이 어린 이황이 헤쳐 나갈 수 있는 정도의 일이 아니었다. 진짜 사직이 위태로워질 수 있었다.

자성대비는 한명회를 은밀히 불러 이 일을 논의했다. 한명회는 충분히 예상한 일이란 듯이 놀라는 표정 없이 묵묵히 듣고 있었다. 한명회는 계유정난 때 그랬듯이 독한 결단을 내려야 할 때라고 생각했다. 자성대비는 괴로운 듯 오랜 시간 묵묵부답이었지만 어느 순간 결심을 한 듯 말했다.

"영상대감의 복안대로 하세요. 주상의 아들 제안대군이

이제 겨우 네 살로 보위를 잇는 데에 어려움이 있고, 의경세자의 큰아들인 월산대군은 병약합니다. 월산보다는 잘산군이 더 군왕으로서의 자질이 보이니 잘산군을 옹립하는 것으로 하는 게 좋겠습니다. 그렇게 되면 경은 국구國舅가 되는 것이니 잘산군을 잘 지켜 주셔야 합니다."

한명회는 어의 권찬을 불렀다. 이황은 형 의경세자처럼 족질을 앓고 있었다. 그러나 정사를 보기에 지장이 있거나 사망에 이를 정도로 위중하지는 않았다.

그런데 갑자기 이황이 자미당에서 숨을 거뒀다. 이때 이황의 나이 20세에 불과했다. 이황의 서거 이틀 후 시신을 염습할 때 시신이 이미 변색된 것을 알고 어의가 병의 위중함을 알리지 않았다 하여 권찬을 엄벌에 처해야 한다는 주청이 일어났으나 자성대비는 이를 일축했다. 두 달 후 권찬은 파격적으로 가선대부 현복군으로 승진했다.

무심한 달빛만 싣고 빈 배 저어 오노라

자성대왕대비의 뜻대로 잘산군이 옹립되었다. 아무도 이의를 달지 않았다. 이미 대왕대비와 공신 간에 의논이 있었다는 걸 모두 눈치채고 있었다. 대왕대비가 잘산군의 집에 가서 맞아 오라고 했지만, 이미 잘산군은 대궐 안에 들어와 있었다.

대왕대비는 잘산군을 이황의 양자로 입적시켜 입승대통入承大統을 하게 해 왕통의 계승 논란을 없앴다. 이에 따라 자연스럽게 잘산군의 친부인 의경세자는 왕으로 추존해야 했다. 의경세자는 덕종으로 추존됐다. 잘산은 이황이 승하한 당일에 바로 임금에 올랐다. 보통 선왕이 죽으면 4~5일을 기다리는 게 관례였지만, 정통성 시비가 일까 봐 대왕대비가 서둘러 보위에 올린 것이었다.

제안대군은 세종의 일곱 번째 아들로 후사가 없었던 평원대군 이임의 봉사손奉祀孫으로 출계出系시켰다. 대왕대비는 이렇게 해야 제안대군이 역모에 휘둘려 생을 짧게 마무리하는 것을 막을 수 있다고 생각했다. 제안대군은 대왕대비의 심모원려를 잘 알고 부응해 살았다. 바보인 척 살았고, 후사도 두지 않았다. 27세에 영의정에 올랐던 구성군 이준은 공신들의 견제로 결국 유배형에 처해져 쓸쓸히 죽었던 것이다.

제안대군은 첫 부인과 이혼 후 재가했다가 재결합하겠다고 난리를 피운 적이 있었다. 제안대군은 임금 이혈에게 전처와의 결합을 허락해 달라는 상소를 올렸는데, 그 상소를 정음으로 적었다. 왕실 내에서도 정음이 널리 쓰이고 있었던 것이다.

연산군 때의 장녹수가 바로 제안대군의 노비였다. 장녹수는 제안대군의 가노와 혼인해서 제안대군의 종이 되었다. 연산군은 제안대군을 잘 대우해 줬다고 한다.

잘산의 형 월산대군은 대왕대비의 결정을 원망하지 않고 이를 자신의 운명으로 받아들였다. 왕으로 추존된 덕종의 봉사손이 된 월산은 동생에게 부담이 될 일은 극도로 피했다. 대신 학문과 시를 탐닉하며 풍류를 즐겼다. 그의 시는 중국에까지 알려질 정도였다. 사가史家들은 이런 월산대군을 은나라 시대 주周 지역의 제후인 고공단보의 아들들로 계승 서열의 맨 위에 있었지만, 자리를 조카에게 넘기고 멀리 달아났던 태백과 중옹 형제와 같다며 칭송했다.

이혈은 이런 형을 진심으로 안타까워했고 좋아했고 존경했다. 그래서 자주 만났고 특별히 대했다. 월산대군은 35세의 젊은 나이에 사망했다. 자신도 병이 있는 상황에서 어머니 인수대비의 병수발을 극진히 들다가 병세가 급격히 악화했던 것이다. 월산대군이 죽자, 이혈은 월산이 생전에 지었던 시를 묶어서 『풍월정집』을 간행하라 명을 내렸다. 이처럼 형에 대한 정이 무척 애틋했다.

월산은 생전에 다음과 같은 시조를 남겼는데, 스스로 유폐하고 극도의 자제력을 발휘하며 살았던 그의 마음이 잘 드러나 있다.

> 추경에 밤이 드니 물결이 차노매라
> 낚시 드리우니 고기 아니 무노매라
> 무심한 달빛만 싣고 빈 배 저어 오노라

이혈은 형 월산을 그리며 시를 썼다.

> 흰 눈이 맑은 정신이 됐고 옥이 얼굴이 됐네
> 영롱한 정원이 훈훈한 바람과 노닐며
> 복숭아 자두 색깔 따라 아름답게 물들었네
> 혹시 보이지 않는 얼음과 서리가 공을 늙게 했는가

낫 놓고 기역자도 모른다

때는 1468년이었다. 이혈이 임금으로 등극하기 1년 전이었다. 한양 서대문 밖 어느 초가에서 최세진이 태어났다. 아버지는 중인中人 최정발이었다. 최정발은 사역원정司譯院正으로 주로 중국어 통역 일을 하고 있었다. 최정발은 중국어에 유창했고, 몽골어·여진어도 구사할 줄 알았다. 기초적인 왜어倭語도 익혔다.

최세진은 아버지의 영향으로 일찍부터 외국어에 눈을 떴다. 열 살 무렵에는 중국어와 몽골어에 능통했을 뿐만 아니라 사서도 익혔다. 어머니 이씨는 정음을 자유자재로 구사하는 사람이었다. 어머니는 최세진이 한자를 익히기 시작했던 여섯 살 때 정음을 가르쳤다. 최세진의 정음과 한자 습득 능력은 놀라울 정도로 빨랐다. 열다섯 살 때는 사서오경을 뗐고, 한자의 음과 훈을 자유자재로 정음으로 표현할 수 있을 정도였다.

그의 부모는 최세진이 여덟 살 때 서당에서 교육을 받게 하려 했다. 그런데 모든 서당의 훈장들이 최세진을 학동學童으로 받아들이는 것을 거부했다. 학동들이 양반가 자제들이라 중인 출신을 싫어한다는 것이었다. 최세진은 태어나 처음으로 신분의 벽이라는 것을 느꼈다.

최세진의 부모는 대안으로 정음당을 찾았다. 정음당의 학동들은 대부분 중인과 평민의 자제였던 것이다. 개중에는 천민의 자제도 있었다. 정음당에서는 한자뿐만 아니라 정음도 가르쳤다. 학동들 사이에 신분의 위화감도 없었다. 최세진은 정음당이 너무나 좋았다. 학동들은 최세진의 뛰어난 학습 능력에 놀라워했고 부러워했다.

최세진이 아홉 살 될 무렵 어느 여름날이었다. 최세진은 또래 아이들과 시간 가는 줄 모르고 뛰어놀고 있었다. 그때 서당을 파하고 집으로 돌아가던 양반가 자제들이 괜히 시비를 걸었다. 최세진이 나섰다.

"우리들이 놀고 있는데 왜 이유 없이 시비를 겁니까?"

"상놈들 주제에 어디 양반들에게 말대꾸를 하는 거야? 니들이 논어를 알기를 해, 소학을 알기를 해?"

"다 알고 있으니 어디 겨뤄 볼 테요? 중용이나 맹자로 하는 건 어떻겠소?"

양반 아이들은 『중용』이나 『맹자』는 아직 접하지 못한 상태였다. 당연히 우물쭈물할 수밖에.

마침 길가에 날이 다 빠져 버려진 낫이 뒹굴고 있었다.

최세진은 그 무렵 정음 자모에 이름이 있으면 배우기가 훨씬 쉬울 텐데 하는 생각을 하고 있었다. 최세진은 임의로 '기윽, 니은, 디읃' 하는 식으로 이름을 붙였다. 그랬더니 정음을 써먹기가 훨씬 쉬웠다.

"양반님네들은 정음은 알고 있소? 저기 낫 있는데 낫 놓고 기윽자도 모르는 것 아니오?"

양반 아이들은 얼굴이 빨개져 씩씩거리며 제 집으로 돌아갔다.

대체 누가 임금인가

이혈은 13세에 보위에 올랐다. 아직 어린 나이라 할머니 자성대왕대비가 수렴청정에 나섰다. 조선의 첫 수렴청정이었다. 대왕대비에 친어머니 인수대비, 그리고 양어머니 인혜대비가 있어 삼전三殿이라 불렸다. 이혈은 날마다 삼전에 문안인사를 드려야 했다. 문안인사를 드리는 거야 웃어른들에 대한 예로 당연히 해야 하는 것이겠지만, 할머니와 두 어머니를 볼 때마다 잔소리를 듣는 것은 진절머리가 났다. 특히 대왕대비는 엄해서 무서울 뿐만 아니라 유독 잔소리가 심해 어린 이혈로서는 고역이었다.

반면 왕비 한씨는 도량이 넓었다. 이혈은 이런 왕비가 좋았다. 그런데 안타깝게도 왕비와의 사이에 자식이 없었다. 그 때문에 삼전으로부터 상당한 심리적 압박을 받고 있었으나 싫은 내색 한번 하지 않았다. 왕비는 후궁을 들일 때도 묵묵히 정비正妃로서의 역할을 다했다. 장인 한명회에 대해 여러 말이 돌고 있어 마음이 상하는 일이 많았을 텐데도 그런

기색을 전혀 내비치지 않았다.

이혈은 이런 일들이 내내 마음에 걸렸다. 안타깝게도 왕비는 이혈이 즉위한 지 5년 만에 세상을 떠났다. 한명회는 두 딸을 왕비로 만들었지만 둘 다 요절했고 자식도 남기지 못했다. 두 딸의 요절은 한명회의 권력이 저물어 가고 있음을 뜻하는 것이었다. 결국 한명회는 중국 사신을 자신의 정자인 압구정에서 접대하기 위해 임금의 차양을 빌리려다 이혈의 눈밖에 나게 되면서 실각하고 만다.

한편 이혈은 사랑했던 왕비가 사망하고, 할머니와 두 어머니의 진절머리나는 간섭에 시달리면서 부녀자들에 대한 이상한 혐오 의식이 싹텄다. 새로 맞은 왕비와의 갈등이 심해지면서 이러한 의식은 더 강해졌다. 이혈이 대왕대비와 중신들의 반대에도 과부의 재기를 금한 것, 어우동 간통 사건이 일어났을 때 어우동에게 장형으로 다스리는 간통죄가 아니라 강상형을 적용해 교형을 명한 것 모두 아녀자에 대한 혐오 의식 때문이라 할 수 있었다. 반면 어우동 간통 사건에 연루된 남자들은 거의 대부분 처벌을 면했고, 연루된 고관대작들은 재등용되었다. 부녀자들에게는 엄격하게 정조를 강조하면서도 양반 사대부들에게는 한없이 관대한 것이 조선의 법이요, 도덕이었다. 이혈 본인도 보란 듯이 술자리를 즐기고 여색에 빠져들곤 했다.

대왕대비는 이혈에게 머리에 못이 박히도록 세조대왕의

유훈을 되새기게 했다. 첫째, 태종대왕, 세종대왕, 세조대왕으로 이어진 문자혁명의 과업을 대신들과 협력해 이뤄야 한다. 둘째, 조선이 유교의 나라라고 하나 많은 백성들이 불교에 심취해 있는 바 유교의 독단에 빠지지 말고 숭유존불의 자세를 견지해야 한다. 이혈은 대왕대비가 말하기 전에 무슨 말을 할지 미리 알고 머리에서 줄줄 외고 있을 정도였다.

이혈이 임금이 되면서 인수대비와 인혜대비 사이에 묘한 갈등이 생겼다. 이혈의 친모인 인수대비와 예종의 왕비이자 양모인 인혜대비 중 누가 더 서열이 높은지로 논란이 있었던 것이다. 인수대비와 인혜대비를 만날 때마다 두 대비의 말에서 이런 갈등이 묻어나왔다. 얼마 지나지 않아 대왕대비가 맏며느리인 인수대비가 서열이 높은 것으로 정리했지만 이 미묘한 갈등은 가시지 않았다.

원상제도 이혈에게는 고통이었다. 정승들이 국정을 쥐락펴락했던 것이다. 사간원의 간원 한 사람이 원상제 폐지를 상소했다가 이것이 알려지면서 사간원 간원들이 완전히 교체된 일까지 있었을 정도로 원상들의 힘은 막강했다. 그 정점에는 대왕대비와 좌의정이자 국구인 한명회가 있었다. 임금인 이혈이 설자리가 없었다.

이혈은 속으로 울분을 터뜨렸다. '대체 이 나라의 임금은 누구인가? 수렴청정하는 대왕대비가 임금 아닌가? 왜 나는

이리 복이 없어 할머니, 어머니, 양어머니의 등쌀 아래 살아야 한다는 말인가!'

마침내 이혈이 스무 살이 되었다. 대왕대비가 상전尙傳 안중경에게 정음 편지 한 장을 원상들에게 전하게 했다. 주상이 이제 장성했고, 학문도 성취하여 정무를 보는 데 어려움이 없으니 수렴청정을 거두겠다는 내용이었다. 아울러 대왕대비의 동생인 윤사흔이 우의정에 임명된 게 사사로운 정에 끌린 결정이었다는 최계지 등의 상소에 불쾌감을 드러냈다.

임금과 원상들이 여러 차례 만류했으나 대왕대비는 뜻을 꺾지 않았다. 이혈은 속으로 생각했다.

'이제 비로소 내가 조선의 임금이 되었구나!'

폐비 윤씨 사건

왕비 한씨가 요절하고 삼년상이 끝나자 계비를 맞아야 한다는 공론이 일었다. 이혈은 중전 간택령을 내리지 않고 후궁으로 당시 임신 중이었던 숙의 윤씨를 왕비로 책봉했다. 이혈은 숙의 윤씨가 어렵게 자라 검소한 데다 홀어머니 슬하에서 자라 친정 세력이 없어 한명회와 같이 외척이 발호할 일이 없고, 자신의 아이를 임신 중이어서 흔쾌하게 왕비로 봉한 것이다.

이혈이 이런 뜻을 숙의 윤씨에게 전하자, 윤씨는 "저는 본디 덕이 없으며, 과부의 집에서 자라나 보고 들은 것이 없으므로 삼전에서 선택하신 뜻을 저버리고 주상의 거룩하고 영명한 덕에 누를 끼칠까 몹시 두렵습니다"라며 사양했다. 할머니와 두 어머니의 등쌀에 진저리를 쳤던 이혈은 속으로 이 여자야말로 나의 중궁이 될 자격이 있다며 쾌재를 불렀다.

이혈이 인정전에서 숙의 윤씨를 왕비로 봉하면서 교명敎命에 "그대 윤씨는 일찍이 덕행으로 간선揀選되어 오랫동안 궁궐에 거처하면서, 정숙하고 신실하며 근면하고 검소한 데다 몸가짐에 있어서는 겸손하고 공경하였으므로 삼궁三宮에게 총애를 받았다. 이에 예법을 거행하여 왕비로 책봉한다. 아아! 천지天地의 자리가 정해지면 만물이 생육되고, 군후君后가 덕이 합하면 만화萬化의 터전이 이룩된다. 마땅히 은총의 칙명을 받들어 시종 한결같은 덕으로 공경할지어다"라고 적었다. 이혈은 앞날에 대한 기대로 가슴이 벅차오름을 느꼈다.

왕비 윤씨는 왕실이 고대하던 원자를 낳았다. 이 아이가 바로 연산군이다.

그러나 새로운 중궁을 맞으면서 기대했던 밝은 앞날은 오지 않았다. 그동안 감추고 있던 중전의 투기심이 발동한 것이었다. 불화가 심해졌다. 그러다 이혈이 중전의 방에 갔다가 저주의 주술을 써놓은 방양서方禳書와 주머니에 들어 있던 비상이 묻은 곶감을 발견하면서 관계가 파탄나고 말았다.

이날 이후로 이혈은 음식물에 독극물이 들어 있을까 늘 걱정하게 되었다. 이혈은 중전을 폐위하려 했다. 상자 안에 있던 방양서에는 자식을 낳지 못하게 하는 방법, 반신불수가 되게 하는 법, 사람을 해하는 방법 등 끔찍한 저주가 나열돼 있었다. 그러나 원자가 있는데 중전을 폐위하는 것은 옳지 않다며 중신들이 반대했다. 이혈은 방양서와 비상을 들여온 나인 삼월을 교수형에 처하고, 나인 사비는 곤장 100대를 때린 후 변방의 관비로 보내는 것으로 일단락지었다.

그러나 이후로도 중전의 투기와 의심과 기행이 끊이지 않아 불화가 더욱 심해졌다. 중전은 툭하면 이혈에게 누가 더 오래 살아 권력을 누리는지 보자는 말을 입에 달고 살았다. 귀인 엄씨와 정씨가 서로 통하여 중전과 원자를 해치려 모의한 내용의 정음 간찰 두 통을 거짓으로 만들어 귀인 권씨의 집에 투입한 일까지 발생했다. 상참常參 조회 날 내전에 들어가면 일어나지 않고 누워 있는 일이 거듭됐다. 결국 이혈은 신하들의 만류에도 불구하고 중전을 폐위시켰다. 대왕대비와 인수대비도 이번에는 찬성했다. 그동안 대왕대비나 인수대비와 중전 간의 갈등이 갈수록 커지고 있었던 것이다.

폐위될 무렵 중전은 둘째 아들을 낳았다. 그런데 남편에게 손찌검을 당했다며 아들들을 데리고 친정집에 가겠다는 편지를 보냈다. 이혈은 손찌검을 한 적이 없는데 무슨 짓이냐며 대노했다. 이 일로 중전은 궐에서 쫓겨나 친정집에 머물고 있던 중 폐위됐다. 젖먹이였던 둘째아들은 백 일도 못 살고 사망했다. 얼마 후 이혈은 폐비 윤씨에게 사약을 내렸다.

이혈은 10명의 후궁을 두었고 29명의 자녀를 낳았다. 세종대왕은 10명의 후궁을 두었고 22명의 자녀를 낳았다. 차이점이라면 세종대왕은 정비와 사이가 좋았고, 이혈은 사이가 좋지 않았다는 것이다. 이혈은 폐비 윤씨가 원자를 낳은 후 윤씨에 대한 애정이 급격히 식으면서 다른 후궁들을 찾는 일이 잦았다. 그러자 어느 순간부터 폐비 윤씨는 자기가 버려졌다고 생각했다. 그리고 원자가 왕위를 잇지 못할까 늘 노심초사했다. 폐비 윤씨는 심한 산후우울증에 시달렸는데, 우울증에 더해 남편에 대한 배신감, 원자의 안위에 대한 걱정까지 겹쳐 날로 정신이 망가져 갔던 것이다.

사약을 앞에 두고 폐비 윤씨는 절규했다.

"이혈 이놈! 비록 임금이라도 지아비로서 해야 할 일이 있는 게 아니더냐. 나는 지어미로서 나의 역할에 충실하려 노력했다. 왕위를 이을 너의 아들까지 낳았다. 그러나 너는 밤이면 밤마다 음주가무에 빠져 후궁들을 끼고 노느라 나와 아들을 내팽개쳤다. 너는 내가 얼마나 날마다 두려움에 떨며 살았는지 아느냐? 후궁들이 사내아이들을 낳고 그 후궁들에게 네가 빠져 있다는 소식을 들을 때마다 나와 내 아이들의 안위를 걱정하며 잠을 못 이뤘다. 이런 마음을 너는 만분의 일이라도 헤아린 적이 있더냐.

사내들은 무책임하게 몸을 놀리고, 아녀자들은 묵묵히 그걸 견디며 지조를 지키는 것이 어찌 정당하다 할 수 있느냐. 아녀자들은 왜 삼종지도의 굴레에서 평생 허덕이며 살아야 하느냐. 차라리 너의 여자가 아니라 평범한 사대부의 여자가 됐다면 나는 훨씬 기쁘고 편안한 나날을 보냈을 것이다. 어찌 내가 이토록 박복하다는 말이냐. 이제 내가 죽으면 나의 아들은 어떻게 된단 말이냐. 이게 성리고 도란 말이냐!"

당시 내명부와 양반 부인들 사이에서 정음은 독보적으로 쓰이는 문자가 돼 있었다. 양반 사대부들은 한자를, 부녀자들은 정음을 사용하는 식으로 문자 사용이 사실상 이원화된 것이다.

폐비 윤씨 사건에는 정음으로 쓴 간찰과 방양서가 등장한다. 정음이 무슨 죄가 있겠는가. 문자라는 것이 좋은 일에 쓰일 때도 있고, 흉악한 일에 쓰일 때도 있는 법. 사람이 문제이지 문자가 문제이겠는가.

대왕대비의 유언

자성대왕대비의 몸이 급격히 쇠약해지고 있었다. 남편 이유 옆으로 가야 할 날이 머지않았음을 느꼈다. 몸을 추스르기 위해 온천이 있는 온양행궁으로 거처를 옮기기로 했다. 대왕대비는 아마도 온양행궁에서 생을 마감하게 될 것이라 생각했다. 온양으로 가기 전에 임금을 봐야 했다. 살아있는 동안 손자와의 마지막 만남이 될 터였다. 이혈이 찾아왔다.

"주상, 이제 이 할미가 주상의 얼굴을 볼 날이 얼마 남지 않은 듯하오."

"할마마마, 왜 그리 말씀하십니까."

"주상, 이 할미가 많이 미웠죠?"

이 말을 듣자 이혈은 눈물이 왈칵 쏟아졌다. 감정을 억누를 수 없었다.

"할마마마, 망령된 말씀이지만 많이 미웠습니다. 할마마마가 무서웠습니다. 그리 물으시니 제 감정을 주체하기가 어렵습니다. 이리 따뜻한 말씀을 왜 그동안엔 단 한 번도 안 하셨단 말입니까."

"다 주상이 잘 되기를 바라는 마음에서 그랬던 것입니다. 주상에게는 미안한 마음을 항상 갖고 있었습니다. 세조대왕의 유업을 잘 이어가기를 바라는 간절함이 있었기 때문입니다. 세조대왕은 무서운 존재였습니다. 감히 신하들이 거역하기가 어려웠습니다. 그래서 공신들을 억누를 수 있었습니다. 주상은 세조대왕에 비해 마음이 여리고, 신하들을 존중하려 노력했습니다. 이 또한 세조대왕이 바라는 것이었습니다. 조선에 피바람이 그치고 사직이 안정되기를 누구보다 바라셨지요. 이 할미가 한때 수렴청정을 했지요. 처음 있는 일이다 보니 제 마음고생이 심했습니다. 신하들에게 얕보이지 않기 위해 엄한 자세를 흩뜨리지 않았지요. 수렴청정이 끝나고 나서는 오로지 주상에게만 엄했지요. 신하들에게까지 계속 엄하게 하면 누가 임금이냐며 쑥덕공론할 거라는 걱정을 했습니다. 그러다 보니 그리됐습니다.

내 마지막으로 당부할 것이 있습니다. 선왕들의 유업을 계승해 실현해 나가는 데 가장 걸림돌은 역시 권신들과 사대부들입니다. 세조대왕은 권신들과 잘 의논해 국정의 안정을 꾀하라 했지만 그들은 틈만 나면 정음을 공격해 댔습니다. 문자혁명을 파괴하려 했습니다. 세조대왕처럼 지엄한 권위를 세우지 않으면 모든 것이 도루묵이 될 수 있다는 걱정을 날마다 하게 됩니다. 이제 정음은 양반 사대부만 뺀다면 아녀자들과 불가와 백성의 문자로 자리잡아 가고 있습니다. 권신과 사대부들은 이를 흘기며 보고 있습니다.

주상. 세조대왕의 지엄함, 더 나아가 공포가 필요합니다. 문자혁명은 임금을 두려워하지 않고서는 완전한 성공에 이르지 못할 것입니다. 주상이 그동안 해오신 바를 하루아침에 바꿀 수는 없습니다. 그래서도 안 됩니다. 그러나 세자가 보위에 오를 때는 반드시 그리하도록 만들어야 합니다.

이제 할미가 마지막으로 주상에게 전해야겠다고 생각한 말들을 다 했습니다. 할미가 무리를 하면서 주상을 보위에 올려야겠다 생각한 것은 주상이 영민하고 선왕의 유업을 큰 풍파 없이 잘 이어 나갈 것이라 봤기 때문입니다. 이 할미의 판단이 틀리지 않았습니다. 이제 편안하게 눈을 감을 수 있을 것입니다.

주상, 아니 되는 일이라는 걸 알지만 내 오늘은 주상의 이름을 불러 보고 싶습니다. 혈아. 내 손자야. 금쪽같은 내 손자 혈아. 내 얼마나 네 얼굴을 부비며 이뻐하고 싶었는지 아느냐? 이 할미가 그리 무섭고 원망스러웠더냐. 얼마나 마음이 아프고 불편했을까. 이 할미가 미안하다, 미안해!"

자성대왕대비는 온양행궁으로 간 지 얼마 지나지 않아 심한 고뿔을 앓더니 숨을 거뒀다.

경국대전 언해 갈등

이혈이 임금으로 재위하는 동안 많은 정음 언해서들이 발간되었다. 이혈은 할아버지 세조대왕의 유훈을 이행하기 위해 열과 성을 다했다. 『관음보살주경』, 『금강경삼가해』, 『남명집언해』, 『불정심경언해』, 『오대진언』 등의 불경 언해 작업도 계속되었다. 이혈의 친모인 인수대비는 정음 언해를 덧붙인 부녀자 대상의 유교 교훈서인 『내훈』을 직접 지어 보급하도록 했다. 『상감행실열녀도언해』, 『삼감행실도언해』도 발간되었다. 또한 의서로 『구급간이방언해』가 발간됐고, 강희맹이 쓴 농서 『금양잡록』도 언해됐다. 왜어倭語 학습 교재인 『이로파』 언해집도 나왔다. 그리고 세조대왕 때 착수한 두보 시집의 언해 『두시언해』가 38년 만에 마무리되었다.

조선 초에 『조선경국전』, 『경제육전』, 『속육전』 같은 법전이 있었으나 미비한 내용이 많고 번잡하다 하여 세종 때 육전수찬색六典修撰色을 설치해 『육전』을 반포했다. 그러나 이

역시 미비한 점이 많다는 지적이 많았다. 제대로 된 법전이 없다 보니 법 시행에 일관성이 없고 법 집행자의 마음에 따라 왔다갔다하는 일이 많았다.

이에 세조대왕은 통일된 법전이 필요함을 절감해 육전상정소를 설치하고 『경국대전』 편찬 작업에 돌입해 초안을 마련했다. 그 작업이 이어져 이혈 재위 당시에 마무리 단계에 이르렀다. 『경국대전』에서는 정음을 간접적으로나마 조선의 공식 문자로 인정했다. 대전 3권 예조, 장근편에서 상감행실을 정음으로 번역하여 한성과 지방의 양반층 가장, 마을 어른, 서당 훈장 등으로 하여금 부녀자와 아이들을 가르치게 하고, 만약 그 큰 뜻에 능통하고 몸가짐과 행실이 뛰어난 자가 있으면 한성에서는 한성부가, 지방에서는 관찰사가 임금에게 보고한다고 명시했다. 또한 매년 정월과 7월에 실시하는 하급 관리 선발 시험인 녹사 취재 과목에 정음을 넣었다. 하급 관리들이 백성들과 소통하기 위해서 정음이 필요하다는 것을 국가 차원에서 인정한 것이다. 이미 임금의 윤음은 언문으로 반포하는 것이 일반화되었다. 정음이 서서히 조선의 공식 문자로 올라서고 있었다

인수대비가 이혈 보기를 청했다. 몇 해 전 대왕대비가 세상을 떠났다. 이혈은 슬펐지만 한편으로는 다행이라고 생각했다. 그런데 그 잔소리를 어머니 인수대비가 물려받은 것 같았다. 인수대비는 대왕대비를 진심으로 존경했다. 아들 이

혈이 임금의 자리에 오를 수 있었던 것, 인혜대비와의 갈등을 끝내고 자기가 내명부의 수장이 될 수 있었던 것 모두 대왕대비가 있었기에 가능했다고 생각했다. 인수대비는 대왕대비의 뜻을 이어 나가겠다고 다짐하곤 했다. 이혈은 어머니가 부를 때마다 짜증이 났다. 마치 할머니를 보는 듯했다. 또 잔소리를 하는구나 싶었다.

"상감, 법전 편찬 작업이 이제 거의 완성됐다고요?"

"그렇습니다. 아바마마의 업적을 제가 마무리하게 되어 마음이 놓입니다."

"상감, 세종대왕께서 정음을 창제하신 핵심 이유 중의 하나가 백성들이 송사訟事에 휘말릴 때 어려운 한자로 쓰인 법조문을 알 수 없어 억울함을 당하지 않도록 쉽게 깨우칠 수 있는 글자를 만들기 위해서였습니다. 이제 우리 조선의 법전이 만들어지는 대업이 완성되고 있다니 세종대왕과 세조대왕의 뜻에 부응해 한자로 된 법전과 함께 정음으로 언해된 법전을 반포하면 좋겠습니다. 주상의 뜻은 어떻소?"

"제가 반드시 해야 할 바를 잊고 있었습니다. 그리하겠습니다."

이혈은 좌찬성 서거정을 찾았다. 서거정은 문필로 이름을 떨쳤던 초대 대제학 권근의 외손자로, 뛰어난 문장가였던 이계전의 제자이기도 했다. 당대 최고의 문장가로, 『삼국사절요』, 『동문선』, 『신찬동국여지승람』, 『동국통감』 등 주요 서적의 편찬에 참여했다. 『경국대전』 편찬 작업에도 참여했는데, 그 서문을 서거정이 쓰고 있었다.

"좌찬성 대감. 서문 작성은 잘 되고 있소?"

"곧 마무리할 수 있을 듯합니다."

"대감, 경국대전을 한자와 정음 언해본 두 가지로 발간하는 것이 어떻겠소? 정음으로 법전을 편찬한다면 백성들이 법전을 이해하고 억울한 일을 당하는 일이 적어지지 않겠소? 이는 세종대왕, 세조대왕의 뜻을 잇는 것이고, 또한 대왕대비마마의 뜻이기도 하오."

"전하. 법전이라는 것은 사직을 보전하는 근본이고, 하늘의 도를 구현하는 수단이기도 합니다. 법이라는 것은 왕도를 밝히는 데 목적이 있는 것이지, 백성이 법을 아느냐 모르느냐는 중요하지 않습니다. 법은 시행하는 것이고, 백성은 지키고 지키지 않으면 처벌받는 것입니다. 백성에게 법은 지엄해 무서워하는 대상이어야 하지 억울함을 줄인다는 미명하에 그 조문을 알고 법의 권위에 도전하고, 일일이 따지게 된다면 그 법도는 엉망이 되는 것입니다. 법이 왕도이고 임금의 권위인 이상 그것은 한자로 씌어질 때 법다운 것입니다. 백성의 편의를 생각해 정음으로 된 언해본을 내놓는다는 것은 법의 가치를 훼손하는 것입니다."

"아니 대감. 대감 입에서 그런 말이 나올지는 내 생각도 못했소. 선왕들의 유업을 가장 잘 이해할 사람이 대감이라 생각해 논의하려 했거늘 너무 당혹스럽소이다. 백성을 위해 법이 있고, 백성을 위해 문자가 있어야 하는 것 아니오. 법을 위해 백성이 있고, 문자를 위해 백성이 있는 것이란 말이오. 그럼 대체 대감에게 애민愛民은 무엇이오?"

"사직을 위해, 질서를 위해, 예를 위해 법이 있고 문자가 있는 것입니다. 그 한계 내에서 애민이 있는 것이지 그것을 뛰어넘는 애민은 가당치 않습니다. 조선은 양반 사대부의 나라입니다. 양반 사대부의 문자는 한자입니다. 정음은 아녀자들의 글자이고, 중인과 상민의 글자에 불과합니다. 양반 사대부가 정음을 익히는 것은 국정의 편의를 위한 것이지 그 이상도 이하도 아닙니다."

"실망스럽소이다. 편찬에 간여하고 있는 대신들과 이 문제를 상의해 보시오. 그리고 그 결과를 내게 말해 주시오."

서거정은 곧바로 노사신, 강희맹, 최항, 김광국 등과 함께 이 문제를 논의했다. 이구동성으로 『경국대전』 언해본은 불가하다 했다. 임금이 이를 강행하려 하면 유생들의 반대 여론을 조성하겠다 의견을 모으고는, 이를 임금에게 알렸다.

이혈은 생각했다. '아! 문자혁명을 가로막는 벽이 이다지도 높고 견고하다는 말인가! 인자한 성군의 자세로는 문자혁명이 불가능한 것인가!'

인수대비는 이 일을 전해 듣고 사흘 동안 음식에 손을 대지 않았다. 그러나 별 도리가 없었다.

종로 상인들의 정음 투서 사건

정음은 백성들 사이에 스며들고 있었다. 평민, 천인들에게까지 파급되고 있었다. 실리와 협상에 가장 민감한 상인들은 어느 계층보다 정음의 필요성을 간절히 느끼고 있었다. 상인들은 구두가 아니라 문서로 확실하게 주고받는 것을 선호했다. 그런데 대부분 한자를 몰라 이두를 어설프게 사용했는데, 정음을 접하게 되면서 문서 작성을 용이하게 할 수 있다는 것을 발견한 것이었다.

상인들은 관가의 방침, 움직임에 무척 민감했다. 자신들의 이익에 영향을 미치기 일쑤였기 때문이다. 관가의 부당함이 허다해 이에 대해 시정을 요구하려 해도 자신들의 주장을 표현할 마땅한 문자가 없어 속만 끓이거나 구두로 항의하다 흐지부지되는 경우가 많았다. 그러나 정음을 습득한 후에는 이 문제도 해결의 실마리를 찾을 수 있었다.

호조판서 이덕량에게 종로통의 상인들이 정음 투서를 넣었다. 이덕량의 동생 집에 몰래 투서를 던졌는데, 이것이 이

덕량에게 전해진 것이다. 종로의 저자를 옮기고 새로 길닦기 사업을 하고 있는데, 고위 벼슬아치들이 제 잇속을 챙기며 상인들을 괴롭힌다는 것이었다.

이덕량은 곧바로 임금에게 보고를 올렸다. 이에 이혈은 판내시부사 안중경과 한성부와 평시서 제조 등을 보내 일단은 상인들의 주장을 경청하게 했다. 이 사건은 상인들이 재상을 헐뜯고 국가의 기강을 어지럽혔다 하여 결국 시장 상인 79명이 하옥되는 것으로 끝났다.

결말은 시장 상인들에게 안 좋게 끝났지만 시장 상인들이 자신의 이익을 지키기 위해 정음 투서를 넣은 사건은 정음이 백성들에게 많이 보급되었음을 드러낸 것이었다. 백성이 자기 문자를 갖게 된다는 것은 백성의 삶에 변화가 온다는 뜻이었다.

대비와 대신 간의 종교 갈등

세조는 불교에 대해 관용책을 써야 한다는 유훈을 남겼다. 그런데 이혈이 즉위하자 간경도감을 폐하고 승려들에게 발급했던 신분증인 도첩度牒을 폐지하라는 상소가 빗발쳤다. 수렴청정을 하고 있던 자성대왕대비는 워낙 반발이 거세자 이를 억지로 막았다가는 임금의 안위를 걱정해야 할 상황이라 판단했다. 결국 간경도감과 도첩제는 폐지됐다. 그래도 불경 언해 작업 등은 교서관校書館에서 계속 진행됐다. 인수대비와 인혜대비는 세조대왕의 존불 정책이 계속 이어져야 한다는 뜻을 강하게 가지고 있었다.

귀인貴人 권씨가 이혈에게 암안사가 한양에 좋은 기운을 채워 주는 길사吉寺이니 이를 중창해야 한다고 주청했다. 이혈은 이를 받아들였다. 귀인 권씨가 주청하는 형식을 띠었지만 사실 이 주청의 장본인은 두 대비였다. 이혈도 이를 알았고, 대신들도 그리 파악하고 있었다.

이 사실이 알려지자 대간들의 반대 상소가 빗발쳤다. 사간원 대사간 성숙 등이 간단한 상소문인 차자箚子를 올린 것이 신호탄이었다. 다음으로 사헌부 대사헌 노공필 등이 상소를 했다. 홍문간 부제학 이명숭 등의 상소가 이어졌다. 상소는 귀인 권씨가 임금을 미혹해 헛된 일을 한다며 들고 일어났지만 궁극적으로 대전과 중궁전을 향하고 있었다. 대비들의 뜻이라면 몰라도 귀인의 주청으로 절의 중창을 결정한다는 것은 불가하다는 논지를 펼쳤다. 『예기』의 "처음에는 조그마한 차이가 나중에는 천리天理를 어긋나게 한다"는 구절을 들어 압박했다. 심지어 "군자의 효도란 부모를 올바른 도에 이르도록 깨우치는 것"이라며 임금의 허물이라 공박했다.

이혈은 대전大典에 절의 중창을 허용하고 있음을 들어 상소를 물리쳤다. 그러면서 안암사의 중창이 귀인의 주청이 아니라 대비들의 뜻이라면 받아들이겠다 했으니 대비들의 뜻을 물어 교지를 내리겠다고 했다.

대비들은 정음으로 교지를 내렸다. 이미 절의 중창은 법에 있는 것이고 불법은 한나라 이후부터 지금까지 계속되는 것으로, 절의 중창을 반대하는 것은 선왕의 만세萬世의 법을 하루아침에 버리는 것이라는 강력한 어조의 교지였다. 대비들은 상소가 있을 때마다 계속 정음 교지를 내려 대신들의 뜻을 눌렀다.

몇 년 후 다시 대비들과 대신들 간에 종교 갈등이 불거졌다. 대신들은 이혈의 즉위 초부터 도첩을 폐지하려 했는데,

또다시 도첩을 강화하거나 폐지해야 한다는 상소를 거듭 올렸다. 대신들은 그 사유로 도첩이 군역과 부역 면탈의 폐단이 되고 있음을 들었다. 이는 사실상 중이 되는 것을 금지하겠다는 것과 다름이 없었다. 이번에도 대비들이 나서서 이를 막았다. 정음 교지를 내려 도첩 폐지 움직임을 강하게 규탄한 것이다.

그러자 부제학 안침 등은 대비들의 정음 교지를 부당한 정치 간여라 주장했다. 이혈은 대비전의 교지를 무시할 수 없음을 들어 물리쳤다. 결국 대신들의 상소 주장은 옳지만 임금이 대비들의 뜻을 따르지 않으면 효에 어긋난다는 윤필상·노사신 등의 주장이 받아들여져 도첩제를 둘러싼 갈등은 일단락됐다.

그러나 1492년 도첩제는 결국 폐지됐다. 이때 이혈은 깨달았다. 왜 세조와 정희왕후, 대비들이 정음과 함께 존불을 강조했는지를 비로소 깨달은 것이다. 성리학은 넉넉한 '도와 덕의 학문', 백성의 교화를 위한 방편이 아니라 양반 사대부의 지위 보전을 위한 독단의 수단으로 변질되고 있다는 것을. 그런 양반 사대부의 독단이 정음과 불교에 대한 억제로 작용하고 있다는 것을. 대간들이 그 첨병 역할을 하고 있다는 것을.

최세진과 홍길동의 만남

최세진의 나이가 20대 중반에 이르렀다. 최세진은 혼인해 슬하에 1남1녀를 두었다. 최세진은 이때까지도 학문에 빠져 살았다. 최세진의 학습욕은 끝이 없었다. 특히 아버지의 영향 때문인지 어학에 대한 관심이 남달랐다. 아버지가 틈틈이 갖다 주는 외어外語 책을 닥치는 대로 독파해 더 볼 책이 없을 정도였다. 어머니에게 배운 정음도 자유자재로 구사했다.

최세진의 부모는 세진의 나이 스무 살을 넘기자 과거에 응시할 것을 촉구했다. 최세진은 중인 출신이었다. 중인이어도 문과에 응시할 수는 있으나 비록 급제하더라도 좋은 직위를 얻고 승진하는 데 한계가 있었기에 세진의 아버지 최정발은 자기처럼 역관이 되기를 바라며 잡과雜科의 역과譯科에 응시하기를 바랐다. 세진의 아내도 은근히 잡과에 응시하기를 바라는 눈치였다.

그러나 최세진은 잡과가 아니라 문과에 응시하겠다고

고집을 부렸다. 자신의 학문 정도가 양반 자제들보다 훨씬 높다는 자신이 있었고, 처음부터 중인이라는 신분을 고려해 잡과에 응시한다는 것이 자존심을 상하게 했던 것이다. 최정발은 문과에 급제하기도 어렵고, 설사 급제한들 중인 신분에 아비가 하고 있는 역관 이상의 직위를 받기 힘든 것이 현실이니 고집부리지 말라 했지만 세진은 고집을 꺾지 않았다.

"양반은 과거를 치르지 않고도 음서蔭敍나 공명첩으로 벼슬자리를 얻기도 합니다. 이건 천부당만부당한 일이 아닙니까? 더군다나 신분으로 인해 과거에 제한을 받는 현실에 거부감이 듭니다. 저는 문과에 응시할 것입니다. 비록 역관 벼슬을 받는다 하더라도 양반 자제와 겨뤄 급제할 것입니다."

이 말을 들은 세진의 부모는 철딱서니 없다며 타박했다. 최세진은 괴로움에 멀리 떠나 있고 싶었다. 최정발도 그럴 필요가 있겠다 싶었는지 장성의 백양사 주지에게 연통을 넣어 놓을 테니 그리 가 있으라 일렀다. 최세진은 이번 기회에 『맹자』의 정음 언해서를 쓰기로 마음먹었다. 최세진은 언제부터인가 『맹자』 언해 작업을 자신이 해야만 하는 일로 느끼고 있었다.

백양사에 온 지도 일 년 가까이 지나고 있었다. 『맹자』의 정음 언해도 얼추 끝나가고 있었다. 최근에 못 보던 초로의 얼굴이 보였다. 나이는 예순 살쯤 돼 보였다. 나이는 들었을 지언정 기골이 컸고, 얼굴은 그을려 있었지만 눈빛은 맑았다. 이마의 굵은 주름살이 인상적이었다. 매일 산 깊은 곳에 들어갔다 나왔다를 반복했다. 친한 동자승에게 들으니 무예를 단련하려 산에 들어간다 했다.

서로 얼굴이 마주치는 일이 잦아지면서 자연스레 말을 건네게 됐다. 저 나이에 절에 들어와 숙식하면서 무예를 연마한다 하니 신기하고 어떤 사람인가 궁금하기도 했다.

'참 이상한 양반일세.'

그런데 자주 대하다 보니 언제부터인가 얼굴이 낯익다는 생각을 종종 하게 됐다. 어디서 봤더라.

어느 날 새벽에 일어나 세안을 하다가 최세진은 퍼뜩 뭔가가 머릿속에 떠올랐다. 다리의 힘이 풀려 풀썩 주저앉을 뻔했다. 낯익었다 했더니 추포령이 떨어져 사대문 안팎 이곳저곳에 얼굴이 그려진 방이 붙었던 대도大盜 홍길동이었던 것이다. 홍길동에 대한 소문은 분분했다. 흉악한 도적이라 말하는 사람들도 있고, 탐관오리들을 혼내 주는 의적義賊이라 말하는 사람들도 있었다. 관아에 알려야 하나 생각도 했지만 선뜻 용기가 나지 않았다. 그보다는 홍길동에 대한 호기심이 발동했다.

최세진은 짐짓 홍길동의 정체를 모르는 척했다. 오히려 가까워지기 위해 노력했다. 꽤 나이차가 많이 났지만 홍길동은 말을 놓는 법이 없었다. 최세진은 홍길동을 '어르신'이라 불렀고, 홍길동은 최세진을 '귀군貴君'이라 불렀다.

어느덧 둘은 깊은 속내를 말하는 단계에까지 이르렀다.

"매일 무예에 전념하신다 들었습니다. 무슨 곡절이 있으신 것 같은데 제가 여쭤도 되겠습니까?"

"귀군은 이미 나의 정체를 알고 있다는 걸 느꼈소. 내 입장을 고려해 입 밖에 내지 않는 것일 뿐. 그렇소. 내가 홍길동이오. 관의 눈길을 피해 잠시 백양사에 숨어들었소."

'아! 내가 자신의 정체를 깨닫고 있다는 걸 진즉에 알고 있었구나.'

"어르신에 대해서는 소문으로만 알고 있습니다. 대체 왜 어르신께서는 이 길로 들어선 것입니까?"

"나의 부친은 절제사를 지낸 양반이고 어머니는 노비 출신으로 아버님의 첩이었소. 나는 그 사이에서 출생한 얼자요. 내 위로 이복형 두 분이 계시고 그중 한 분은 호조참판을 지내셨죠. 그 형님의 딸은 임금의 후궁이 되었소.

어렸을 때는 내 스스로 양반가 자제라 생각하고 입신출세하기 위해 학문에 미치도록 정진했소. 그런데 열다섯 살이 됐을 때 모친께서 말씀하시더군요. 서얼은 과거를 볼 수 없다고. 세상이 무너지는 듯했소. 첩의 자식이 된 게 내가 원한 것도 아니고 의지와 상관없이 그저 첩인 어머니를 만난 것뿐인데 이게 말이 되는 것이오? 첩의 자식이라 해서 아버지를 아버지라 부르지 못하고 정실의 이복형을 형이라 부르지 못하니, 이 얼마나 한스러운 일이란 말이오?

나는 이 현실을 바꿔야 한다고 생각했소. 같은 사람으로 태어났건만 누구는 적자고 누구는 서얼이라 해서 이런 심한 차별을 받는 세상이 제대로 된 세상이라 할 수 있겠소? 백성에게 가렴주구하는 탐관오리들을 벌하고 그들이 부정하게 쌓은 재산을 빼앗아 헐벗고 굶주리는 백성들에 나눠줘야 한다고 생각했소. 그래서 무예에 전념했고 무리를 만들었소."

"제 부친은 중인 출신으로 조정에서 역관 일을 하고 있습니다. 저 또한 학문에 뜻이 있어 여러 해 노력해 문과에 응시하려 했으나 아버지께서 중인은 문과에 합격한들 역관의 직위를 받으니 잡과에 응시하라고 하셨습니다. 그래서 비록 그렇게 된다 한들 문과에 응시하겠다고 고집을 부렸다 양친과 갈등이 생겨 집을 떠나 이렇게 백양사에 머물고 있습니다."

길동은 세진에게 강한 동질감을 느꼈다. 비록 자기는 양반가 자제이나 어쩌면 중인보다 못한 얼자이고, 세진은 중인으로 신분에 대해 강한 반발심을 갖고 있었던 것이다. 길동이 말했다.

"나는 이 원통스러운 세상을 싹 바꿔 보고 싶소. 유학에서 말하는 도니, 성이니, 리니 이게 무슨 소용이란 말입니까. 신분을 따져 서얼이 아닌 양반 자제에게나 해당하는 도이고, 성이고, 리라면 그것은 제대로 된 것일 수 없소이다. 귀군도 마찬가지 아닙니까? 유가에서 덕본재말德本財末이라 하여 덕이 근본이고 재물은 말단이라 하는데 현실은 어떻습니까? 양반들이 덕과 재를 독차지하고 있지 않습니까? 양반이라 해서 군역과 부역이 면제되고 평민들은 뼈빠지게 농사짓고, 쇠를 두드리고, 물산物産을 만들어도 그걸 누리는 것은 왕실이나 양반들이고, 평민들은 늘 가난에 허덕이고 굶주림에 목숨을 잃기도 합니다. 이런 세상일진대 양반들이 말하는 도덕과 예의가 무슨 소용이란 말입니까!"

세진이 길동에게 말했다.

"어르신, 어린놈이 버릇없지만 한말씀 드리겠습니다. 어르신의 울분은 알겠으나 세상을 바꾸는 게 어디 쉬운 일입니까. 저도 세상이 바뀌어야 한다는 어르신의 생각에 동의합니다. 그러나 너무 감정이 앞선 나머지 서두르지 마세요. 몇몇 탐관오리를 벌하고 그들의 재산을 백성들에게 나눠준다고 해서 세상이 바뀌는 것이 아닙니다. 수단과 방법을 잘못 택한다면 그 장대한 의도는 사라지고 민심의 이반만 가져오게 됩니다. 어르신을 의적이라 하는 사람들도 있지만 흉악한 강도라 부르는 사람이 많다는 사실을 잘 알 것입니다. 이래서는 세상을 바꾸는 게 불가능합니다.

어르신, 신분 차별 사회를 타파하기를 위해서는 그 근본을 규명하고 그것을 해결할 수 있는 강력한 수단을 찾아야 합니다. 사본치말舍本治末의 우를 범해서는 안 됩니다. 탐관오리를 벌하는 것은 말단을 다스리는 것입니다. 그래서는 이

세상이 바뀔 리 만무합니다.

이 나라의 신분제를 떠받치는 것은 다른 게 아니라 문자입니다. 양반 사대부들의 문자인 한자입니다. 양반 사대부들이 문자를 독점하고 있기 때문에 이 신분제가 고착화할 수 있는 것입니다. 한자의 독점을 뿌리 뽑아야 합니다. 한자로만 지식이 표기되고, 또 그 지식이 양반 사대부들 사이에서만 머물기 때문에 신분제가 공고해지는 것입니다. 양반 사대부들 빼고는 거의 문맹이어서 어리석음을 벗어날 수 없다면 신분제가 흔들릴 수 없습니다.

양반이고, 중인이고, 천인이고 모두 같은 문자를 쓴다고 생각해 보십시오. 그렇게 되면 신분제는 흔들리게 될 것입니다. 양반뿐만 아니라 중인과 천인도 지식을 얻고 갈고 닦고, 자기가 말하고 싶은 바를 글로 쓸 수 있다면 신분제는 결국 무너질 것입니다. 어르신께서는 대동세상을 원하시는 것 아닙니까. 대동세상 이전에 대동문자가 있어야 합니다.

한자는 사대의 원천이기도 합니다. 한자가 지금처럼 존재하는 한 중국의 손아귀에서 조선이 벗어나기는 난망합니다. 한자가 우리 땅에 들어온 이래 우리는 중국의 간섭에 시달려야 했습니다. 양반 사대부들은 그것이 문명인 양 당연시했고 받들었습니다. 이렇듯 한자는 국내외 지배 질서의 유력한 수단이 되고 있습니다.

저는 왜어를 익혔습니다. 우리가 왜를 업신여기고 있지

만, 왜는 아주 오래전부터 한자를 변형해 '가나'라는 문자를 쓰고 있습니다. 왕실을 비롯해 신분의 지위 고하를 막론하고 가나를 자기 나라의 문자로 삼고 있습니다. 문자는 한 나라의 독립의 상징입니다. 저는 왜가 앞으로 강한 나라가 될 수 있을 거라 예측합니다. 우리가 왜를 우습게 볼 일이 아닙니다.

우리에겐 우리 글자인 정음이 있습니다. 백성들 사이에 정음을 익혀 사용하는 이들이 늘고 있습니다. 정음은 가나에 비해 완전히 새롭고 창발적인 문자입니다. 한자의 변형 수준을 넘어서 우리 입말을 온전히 표현할 수 있는 새로운 문자입니다. 조선의 만백성이 한자를 버리고 정음을 쓴다고 생각해 보십시오. 그런 조선이라면 사대에 얽매이지 않고 자신만의 문명을 만들어 나갈 것입니다. 조선의 새 역사가 열리는 것입니다. 정음은 신분과 사대의 문제를 해결할 수 있는 요체입니다.

뜻만 높다고 되는 것이 아닙니다. 시운時運과 지리地利, 그리고 더 많은 세력이 필요합니다. 새로운 접근을 통해 시운과 지리를 일궈야 합니다. 저는 양반 사대부의 한자 독점, 한자를 통한 지배를 무너뜨리지 않고서는 이 강고한 신분 질서를 흔들 수 없다고 생각합니다. 그래야 때를 얻고, 땅의 이로움을 얻고, 더 많은 무리를 규합할 수 있을 것입니다. 어르신, 혹시 정음을 깨우쳤습니까?"

"아닙니다. 어머니께서 간혹 정음으로 간찰을 쓰시는 걸 봤지만 익히지는 않았습니다."

"어르신, 반드시 익히도록 하세요. 이제 조선에는 두 개의 문자가 존재합니다. 양반 사대부의 문자인 한자와 양반 아녀자와 양반 아닌 자들의 문자인 정음입니다. 불가에서는 이미 정음이 한자를 밀어내고 있습니다. 앞으로 이러한 추세는 강화될 것입니다. 어르신도 익혀야 하고 어르신의 무리도 반드시 익혀야 합니다.

어르신도 한자를 공부하셨겠지만 한자는 배우기도 어렵고, 우리 입으로 하는 말과 달라 여간 불편하지 않습니다. 쫑긋이라는 말을 한자로 어떻게 표현할 수 있겠습니까. 반면에 정음은 우리의 입말 그대로를 글로 나타낼 수 있습니다. 정음은 쉽게 배울 수 있고, 우리의 말과 같아 익히기만 하면 무궁무진하게 쓸 수 있습니다. 백성들이 문맹에서 벗어나 정음으로 책을 읽고 쓰고, 자신의 뜻을 표현하고, 지혜를 서로 나눈다면 저는 새로운 세상이 열릴 것이라 믿습니다. 보십시오. 한자는 단순한 문자를 넘어 양반네들이 신분을 유지하고, 벼슬을 독차지하고, 더 나아가 재물을 독차지하는 수단이 돼 있습니다. 이걸 깨뜨려야 합니다. 그러면 새로운 대동세상이 열릴 수 있습니다.

제 마음도 어르신의 뜻과 크게 다르지 않습니다. 도움이 되고 싶습니다. 앞으로 몸이 떨어져 있더라도 언제든 저의

작은 도움이나마 필요하다면 연락을 주시기 바랍니다."

길동은 세진의 이 말에 뒤통수를 맞은 듯한 느낌이었다.

'새로운 글자라. 백성의 글자라. 백성의 글자가 새로운 세상, 새로운 나라를 만들 수 있다고?'

그날부터 길동은 세진에게 정음을 배웠다. 채 한 달이 되지 않아 길동은 정음으로 글을 쓸 수 있을 정도가 되었다.

세진은 한양으로 돌아가야 했다. 처자식이 있는 몸이라 더 이상 백양사에 머물기 어려웠다. 세진은 길동에게 자신이 쓴 『맹자언해』를 건넸다. 맹자를 읽으면 새로이 눈 뜨는 게 있을 거라 했다. 길동은 세진의 손을 꽉 잡았다.

홍길동은 갈수록 세간의 관심을 끌었다. 무리가 더 많아지고 활동 범위가 삼남 지방 전체를 넘어 경기와 강원에까지 이르렀다. 관과 양반 지주의 식량 창고가 털리는 일이 속출했다. 조정과 관가의 큰 골칫덩어리가 돼가고 있었다. 홍길동의 나이 이제 육십을 넘어선 지 오래였지만 사람들은 스무 살 갓 넘은 청년이라느니, 남청색 쾌자를 입고 초립을 썼다느니, 도술을 부린다느니 별별 소문이 난무했다.

홍길동의 무리는 정음으로 '민본'이라 쓰여 있는 두건을 두르고 출몰한다 했다. 자기들의 무리를 일러 활빈당活貧黨이라 했다. 밤이면 출몰해 사람들이 자주 다니는 곳에 정음으로 쓴 괘서를 붙이고 다닌다 했다.

이 나라의 근본은 임금도 아니요, 조정의 녹을 먹는 자들은 더더욱 아니다. 이 나라의 근본은 땀흘려 땅을 일구는 백성들이다. 그래서 민본이라 하는 것이다. 백성은 물이요, 임금은 배이니 물은 배를 띄울 수도 있고, 엎어버릴 수 있는 것.

양반네들은 공맹을 숭상하며 그 도를 따른다고 한다. 그러나 말뿐이다. 맹자는 정전제라 하여 땅을 우물 정井자 형태로 나눠 여덟 곳은 백성에게 동등하게 나누고, 가운데의 땅은 공동으로 경작해야 한다 했다. 이 맹자의 도는 어디로 갔단 말이냐.

밤나무의 밤송이를 보라. 밤송이 안에서 밤톨은 모두 동등하다. 쭉밤이 있고, 약간 잘은 것이 있지만 밤톨은 그 모든 것을 동등하게 보호하고 자라게 한다. 나라는 밤나무가 되어 은혜를 골고루 베풀어야 하고, 관리들은 밤송이가 되어 밤톨을 차별 없이 보호해야 한다. 이것이 밤나무의 도, 율도栗道이다. 율도가 곧 민도인 것이다.

그러나 지금 율도는 무너져 있다. 민도는 억눌려 있다. 언제까지 이를 용납해야 한단 말인가. 뜻이 있는 이들은 활빈당과 함께해야 할 것이다.

활빈당 당주 홍길동

이혈의 유언

이혈의 등창이 날로 심해졌다. 폐병도 날로 심해지고 있었다. 이혈은 이렇게 죽는구나 생각했다. 세자 이융이 문안인사를 왔다.

“세자야, 아비 몸이 벌써 이렇게 쇠약해져 병석에 누워 있구나.”

“아바마마, 쾌차하셔서 빨리 일어나셔야 합니다.”

“세자야. 너는 태종대왕, 세종대왕, 세조대왕으로부터 이 아비에게 전해진 유업을 잘 알고 있겠지?”

“아바마마와 두 대비마마에게 귀에 못이 박히도록 들었는데 어찌 모르겠습니까.”

“정희왕후께서 돌아가시기 전에 내게 남기신 말이 있다. 이 아비는 선왕들의 유업을 위해 공신들과 갈등하지 않으며 그 유업을 계승하려 했다. 그리고 언관言官을 강화해 대신들과 유생들의 목소리에 귀를 기울이려 노력했다. 그러나 이제 신하들이 사사건건 유업을 부정하려 들고 임금과 왕실의 권위에 도전하려 한다. 정음과 불교를 누르는 태도가 마치 억음존양抑陰尊陽인 듯 달려들고 있다.

정희왕후께서는 세조대왕의 지엄한 다스림이 필요하다 하셨다. 임금에 대해 공포심을 느끼게 해야 선왕들의 뜻을 제대로 펼칠 수 있을 거라 하셨다. 나도 그렇게 생각한다. 세자, 이제 네가 그리해야 한다. 나는 적장자가 아니어서 늘 불안했고, 그래서 신하들과 타협할 수밖에 없었다. 그러나 너는 적장자로 굳건한 정통성까지 갖췄으니 제대로 지엄함을 펼칠 수 있을 것이다. 알겠느냐?"

"받들어 모시겠습니다. 저도 서연관書筵官들이나 간관들이 왕도를 뒷받침하려 하는 것이 아니라 신권臣權 강화에 몰두하고 있음을 예전부터 뼈저리게 느껴 왔습니다. 아바마마의 뜻대로 하겠습니다."

"지엄하게 다스린다는 것은 신하들에게 지엄한 것이어야지 절대 백성들에게 학정虐政으로 보여서는 안 된다. 선왕들의 유업이 민도民道와 민생에 있음을 네 결코 잊어서는 아니 된다."

"명심하겠사옵니다."

이혈은 38세의 나이로 사망했다. 세자 이융이 임금의 자리에 올랐다. 자순대비가 이혈의 효성을 드러낸 행장行狀을 정음으로 적어 내렸다.

대행왕大行王께서 정희貞熹, 인수仁粹, 인혜仁惠 3전을 받들기를 극진히 하지 않은 것이 없이 하셨음은 일일이 듣기 어렵거니와 날마다 세 번 문안하고, 대비전의 일용 경비를 벽에 써 붙여 두고 늘 계속하여 바치매, 정희왕후께서 말씀하시기를 '국가 경비의 물품을 매양 나한테 바치니 마음에 실로 미안하다.' 하시니, 대행왕이 대답하시기를 '온 나라로써 봉양하는데 무엇이 어렵겠습니까' 하시며, 그래도 오히려 뜻에 거슬릴까 염려하여 때로 내탕內帑에 저장된 것을 내어 바치고, 또 상선常膳에는 친히 별미를 조리하시되 그 즐기시는 것은 반드시 벽에다 써 붙여 두고서 바치며, 항상 대비께서 적적하실 것을 생각하여 특별한 잔치를 여러 번 올리고, 또 곡연曲宴을 자주 청하여 허락을 얻으면 기뻐하셨다. 정희왕후께서 만년에 병환이 많으시매 친히 의서醫書를 상고하여 약을 드리고 또 문안할 때에는 한참 동안이나 서 계시다가 왕후께서 마음에 미안해하시는 듯하면 시녀를 따라서 문후問候하고 물러가고, 또 오부五部에 널리 물어서 왕후의 병 증세와 같은 사람이 있으면 약을 시험하였으며, 왕후께서 매양 상감을 보면 병환이 문득 조금 뜸하셨으니, 어찌 지극한 효성에 감동된 바가 아니겠는가. 두 대비에게 효도로 봉양하는 것도 처음부터 끝까지 한결같아 수라상을 친히 보살피기를 폐하지 아니하였으며, 늙은 부모가 있는 재상에게는 매양 음식물을 내리셨다.

살아생전 삼전의 간섭에 진절머리를 냈던 이혈이었건만 죽어서는 성심으로 삼전에게 효도를 다한 임금으로 추앙된 것이다.

정음은 이제 행장 제문에까지 쓰일 정도로 왕실의 문자로 자리 잡아 가고 있었다.

임금인 내가 결정한다!

이혈의 묘호 문제가 대두했다. 이혈은 유언으로 "나는 묘호를 쓸 만큼 공이 없으니 그냥 시호만 붙이라" 했으나 그럴 수는 없는 노릇이었다. 성종成宗이냐, 인종仁宗이냐로 의견이 갈려 충돌했다. 대신들은 성종, 대간들은 인종을 지지했다. 대신들 중에서도 정승과 원로대신들은 성종, 판서급 대신들과 참판, 승지들은 인종을 지지했다. 그동안 이렇게 갈려 논쟁이 붙은 사례가 없었다.

인종을 지지하는 이들은 "백성을 편안케 하고 정사를 세운 것을 성成이라 하나 이는 대행왕의 거룩한 덕을 다 표현하지 못하고, 자고로 제왕의 아름다운 칭호로 인仁 자만 한 것이 없으니 인으로 하자"는 것이었는데, 이게 다수의 의견이었다. 다수가 인종을 주장한 속뜻은 사림을 중용하고 대간을 중시했던 이혈의 자세를 높이 사고, 그 계승자인 이융 또한 그러해야 한다는 것을 간접적으로 드러낸 것이었다.

이에 반해 성종을 지지하는 쪽은 명나라 4대 황제 홍희제의 묘호가 인종이어서 이를 범하는 것은 옳지 않으며, 성종이라는 호칭도 훌륭한 것이라 주장했다.

이를 묵묵히 지켜보던 이융이 나섰다.

"묘호에 대해 대소신료들의 의견이 갈리니 임금인 내가 결정하겠소. 통감을 보니 인종이라는 묘호가 처음 쓰인 때는 송나라의 인종이었소. 그런데 송나라의 인종은 오랑캐의 화를 당한 황제였소. 따라서 많은 제도를 정비하고 왕조의 기틀을 다진 성덕과 업적을 남긴 선왕의 묘호에 인종을 쓰는 것은 옳지 않으니 성종으로 하는 것이 좋겠소. 내 뜻이 그러하니 더 이상 이 문제로 논의하지 말고 모두 따라주기 바라오."

그런데 얼마 뒤 성종을 묘호로 정한 것이 부당하다며 성종을 주장한 이들을 처벌해야 한다는 상소가 올라왔다. 이융은 그러한 상소를 올린 자들을 처형했다. 이런 임금의 태도에 모두 놀라워했다. 이혈에게서는 그동안 보지 못했던 고압적인 자세였다. 세자 시절 봤던 이융이 아니었다. 연로한 대신들의 눈에 이융과 세조대왕이 겹쳐 보였다. 대간들이 이 일로 다시 들고 일어났다.

이융은 일단 참고 넘어갔다. 하지만 속으로 '이놈들, 두고 보자!'고 다짐했다.

조의제문과 무오사화

성종은 훈구 공신들의 힘을 견제하기 위해 대간의 힘을 의도적으로 키웠다. 대간들은 거리낌없이 훈구 공신들의 잘못을 공격했고, 효력을 발휘했다. 그런데 어느 때부터인가 대간들의 힘이 커져 임금을 압박하는 상황에 이르렀다. 그러다 보니 성종은 어쩔 수 없이 어떤 경우에는 훈구 공신들을 이용해 대간을 억눌러야 했다. 대신들과 대간들 사이에서 줄타기를 한 것이었다.

이융은 달랐다. 이융이 즉위하고 4년은 별 탈 없이 지나갔다. 성종 때와 크게 달라진 것이 없어 보였다. 그런데 아무 변화가 없었던 것은 아니었다. 이융은 학문적으로 부족하지 않았다. 경서에도 밝았고, 시문에도 능했다. 서화에도 능했고, 춤과 같은 기예에도 관심이 많았다.

그런데 이융은 경연에서 신하들이 임금에게 강요하는 듯한 태도를 보이면 일단 논쟁으로 이끌다가 그래도 태도가 바뀌지 않으면 다음날 경연에 불참해 버렸다. 일종의 항의였고 신하 길들이기였다. 세조대왕은 신하를 길들이기 위해 아예 경연을 폐지하지 않았던가.

> 기침은 심하고 근심은 많으니 지친 마음 그치지 않아
> 이리저리 뒤척이며 밤새 잠을 못 이루네
> 간관들은 종묘사직 중한 것은 생각지도 않고
> 소장이란 소장마다 경연에만 나오라네

이융은 유생들이 무례한 상소를 올리면 가차없이 벌을 내렸다. 즉위 초에 이융은 아버지 성종대왕을 위해 수륙제水陸祭를 지내려 했다. 조선이 생긴 이래 모든 임금이 수륙제를 지냈는데도 대간들과 성균관 유생들이 불교 행사라며 반대하는 상소를 올렸다. 그러자 이융은 성균관 유생들을 하옥시키고 추국하게 했다. "위를 능멸하는 풍습은 고쳐야 한다"며 대신들이 만류해도 듣지 않았다.

또한 먹고 마시고 즐기는 것에 대해 신하들이 간섭하지 못하도록 했다. 이융은 그것이 왕권을 높이는 것이라 생각했다. 임금이 먹고, 마시고, 즐기는 것조차 신하들의 눈치를 보아서는 임금의 권위가 서지 않는다고 본 것이다. 이융은 자신이 아버지 성종과 다르다는 것을 깊이 새기고 있었다. 이융은 세조대왕처럼 보이기를 원했다. 어떤 계기가 주어진다면 자신의 지엄함을 보여 신하들이 두려움을 느끼게 할

것이라 되뇌고 있었다. 본때를 보이겠다고 생각한 것이다. 드디어 그런 날이 왔다.

이극돈·유자광 등이 사관 김일손이 검증되지 않은 소문을 가지고 세조대왕의 명예를 더럽힐 내용을 사초史草에 실었다고 임금에게 아뢰었다. 김일손을 국문하는 중 그의 스승인 김종직이 쓴 조의제문이 적발되었다. 조의제문은 항우에게 살해당한 초나라 의제가 꿈에서 나타났다는 등의 내용인데, 의제가 당시 어린 나이였고, 숙부인 항우에게 쫓겨나 살해됐다는 것이 단종을 떠올리게 하는 것으로 노산군을 죽이고 왕위에 오른 세조대왕을 힐난하는 것으로 해석할 수 있었다. "반서反噬를 당하여 해석醢腊이 됨이여"라는 구절이 있었는데, 반서는 기르던 짐승이 주인을 해치는 것을 말하고 해석은 젓갈과 포육脯肉을 말하는 것으로, 노산군이 세조대왕에게 참혹한 죽임을 당했음을 고발하는 것이었다.

게다가 김종직이 도연명의 「술주시述酒詩」에 감명받아 화답하는 형식으로 쓴 「화술주시」까지 발견되었다. 유유劉裕에게 선위했다가 유유의 부하들에게 죽임을 당한 동진의 공제 사마덕문을 애도하는 내용인데, 사마덕문을 노산군, 유유를 세조대왕에 비유한 것이었다. 더해서 성종대왕 때 김종직이 성종대왕 면전에서 성삼문을 찬양했다는 사실까지 소환됐다.

김일손이 쓴 사초에는 그의 스승 김종직의 조의제문만 있는 것이 아니라 세조대왕이 노산군의 시체를 버려 짐승들이 먹게 했다, 세조대왕이 성종의 아버지 덕종의 후궁들을 건드렸다는 악의적이고 날조된 내용까지 담겨 있었다. 이러한 내용이 실록에 고스란히 들어간다면 세조대왕은 천하에 둘도 없는 패륜 범죄자·배신자가 되는 것이고, 세조대왕의 왕통을 계승한 이융도 부정당할 수밖에 없는 아찔한 상황이었다.

김종직은 사림파의 영수였고, 완고한 성리학자였다. 최고의 문장가이기도 했다. 이런 김종직조차 제자 김굉필에 의해 도학에 충실하지 않고 문장에만 치중한다며 부정당했다. 근본주의가 고개를 들고 있었다.

김종직의 완고함을 알게 하는 대표적인 일화가 있다. 세조대왕 당시 김종직은 소위 잡학雜學을 비판하다가 파직을 당했다.

김종직이 세조에게 말했다.

"지금 문신文臣으로 천문, 지리, 율려, 의약, 복서卜筮, 시사詩史의 7학을 나누어 닦게 하는데, 시사는 본래 유자儒者의 일이지만 그 나머지 잡학이야 어찌 유자들이 마땅히 힘써 배울 학이겠습니까? 또 잡학은 각각 업業으로 하는 자가 있으니, 만약 권징勸懲하는 법을 엄하게 세우고 다시 교양을 더한다면 자연히 모두 정통할 것인데, 그 능통하는 데에 반드시 문신이라야만 좋은 것이 아닙니다."

세조가 대답했다.

"제학諸學을 하는 자들이 모두 용렬한 무리인지라 마음을 오로지하여 뜻을 이루는 자가 드물다. 그 때문에 너희들로 하여금 이것을 배우게 하고자 하는 것이다. 비록 비루한 일이라 하나 나 또한 거칠게나마 일찍이 섭렵하면서 그 문호에 며칠 동안 있었다."

임금인 나도 잡학에 의미를 부여하는데 네가 뭔데 잡학을 우습게 아느냐는 힐난이었다. 세조대왕은 김종직이 경박하다며 파직을 명했다.

무오사화에서 주도적인 역할을 했던 사람이 유자광인데, 김종직은 유자광을 멸시했다. 함양에 군수로 부임했을 때는 유자광이 쓴 시를 현판으로 만들어 걸어놓은 것을 보고는 불태워 버리라고 명하기도 했다. 김종직과 그 일파는 서얼 출신을 낮춰 보는 경향이 강했는데, 유자광이 대표적인 서얼 출신이었다. 유자광의 어머니가 노비였던 것이다.

김일손을 포함해 훗날 사림파를 대표하는 이들인 김굉필, 정여창, 유호인, 남효온 등은 모두 김종직의 제자였다. 영남 사림파의 조종祖宗이었던 것이다. 세조 때 관직에 진출하여 성종조에는 공조참판까지 지냈다. 나중에 허균은 조의제문을 쓸 정도로 세조대왕에게 적대적이었던 김종직이 왜 속세를 떠나 숨어 지내지 않고 벼슬을 하였느냐 공박을 하기도 했다. 결과적으로 임금을 속이는 기군망상欺君罔上을 했다는 비난이었다.

이융이 김일손의 사초를 보고 김일손을 국문하였다는 사실이 알려지자, 벌떼처럼 들고 일어나던 대간들도 숨을 죽일 수밖에 없었다. 영의정 윤필상은 대역죄를 적용해 감종직을 부관참시해야 한다고 주장했는데, 모든 신하들이 이에 동조했다. 김종직의 제자인 표연말과 홍한까지 동조했을 정도였다. 이미 죽었으니 작호爵號만 거두자고 주장한 이들이 왕실을 모독한 반역자를 옹호했다는 이유로 국문장으로 끌려가는 상황이었다.

김종직의 제자들이 역모죄로 잡혀 들어가기 시작했다. 김일손이 사초에 김종직 제자의 명단을 적어놓은 덕에 색출이 빠르게 진행됐다. 사초들이 줄줄이 공개되는 사상 초유의 일이 벌어진 것이다. 다른 사관들도 사초에 세조를 비난하는 내용을 적었다는 사실이 드러났다.

이 일로 김종직은 부관참시되고 김일손 등은 목이 잘렸으며, 많은 이들이 곤장을 맞고 유배형에 처해졌다. 이융은 신하들에게 이들이 형을 당하는 과정을 지켜보게 했는데, 참석하지 않았거나 참석했더라도 얼굴을 돌리거나 하는 이들을 모두 처벌했다. 이극돈은 김일손의 사초 건을 알고도 늦게 보고했다 하여 다른 실록청 사람들과 함께 파직당했다. 이 일로 김종직의 제자들이 모두 유배형에 처해졌다. 당시 노사신이 김종직의 제자 등 사림파를 변호해 주고 사형을 면하게 해주지 않았다면 모두 죽임을 당했을 것이다.

홍길동의 죽음

홍길동은 자신의 맏아들 동필의 아들 윤길을 통해 최세진과 비밀리에 연락을 주고받았다. 윤길의 정체를 관에서 파악하지 못해 안전하다고 했다.

홍길동이 어느 날 이런 전갈을 해왔다. 최세진에 대한 호칭은 '최 동지'로 변해 있었다.

최 동지, 우리 활빈당 무리들에게 정음을 교육하며 느낀 것인데 소위 반절표半切表를 만들면 글자 만드는 방법을 더 쉽게 터득할 수 있겠다는 생각이오. 최 동지가 예전에 내게 정음을 가르칠 때 자음, 모음을 '기윽, 니은, 아, 야'라 하고 그걸 합쳐서 '가, 갸, 거, 겨' 이렇게 불렀던 기억이 새롭소이다. 과거 준비로 정신이 없을 줄 압니다만 시간을 두고서라도 꼭 반절표를 만들었으면 하는 바람입니다. 그러면 정음이 대중화되는 데 큰 도움이 될 것입니다.

최세진도 언젠가는 반절표를 만들어 정음을 쉽게 응용할 수 있도록 책을 써야겠다는 생각을 하고 있었는데, 홍길동이 그걸 상기시켜 준 것이다.

'내 과거를 급제한 후 반드시 반절표를 만들 것이다.'

그런데 얼마 후 홍길동이 잡혔다는 소식이 들려왔다. 그때 길동의 나이 칠십대 중반이었다. 듣자 하니 조정이 경사라며 떠들썩하다 했다. 절충장군 엄귀손이 길동의 뒷배를 봐줬다는 혐의로 국문을 받던 중 옥중에서 사망했다고 했다. 그 외에 길동을 비호한 권농勸農이나 이정里正, 유향소留鄕所의 품관品官들 여러 명이 색출돼 처벌받았다고 했다. 홍길동은 모진 고문을 당하다가 의금부 마당에서 목이 잘리었고 길거리에 효수되었다.

홍길동과 활빈당 무리 일부는 잡혔으나 나머지 무리는 지리산 깊은 곳으로 숨어들어 갔다 했다. 사람들은 활빈당이 의적이라고 수군거렸다. 그 무리들을 길동의 아들 동필이 이끈다 했다. 당분간 동필의 아들 윤길이 은밀하게 최세진을 찾아오는 일도 없을 것이었다.

최세진은 다짐했다.

'내 반드시 어르신의 뜻대로 정음 반절표를 만들겠습니다. 반드시 정음을 널리 퍼뜨리는 데 이바지할 것입니다.'

괴물이 된 이융

무오사화 이후 대간들은 말소리를 죽였다. 이융은 비로소 자신이 임금다운 임금이 됐다고 느꼈다. 능상凌上, 즉 '위를 능멸하는 풍습'은 이제 어지간히 사라졌다 생각했다.

이융의 사치스런 씀씀이가 점점 늘어 갔다. 대신들은 그 문제를 간헐적으로 지적했지만 완고하지는 않았다. 그럼에도 이융의 눈에는 공신들이 여전히 눈에 거슬렸다. 지금은 고개를 숙이고 있지만 언제든 고개를 다시 쳐들 인간들이었다. 이융의 눈은 공신들을 향해 있었다.

이융에게는 가슴속 응어리가 있었다. 이융은 친모 폐비 윤씨 사건을 즉위 초부터 알고 있었다. 명나라에 보내기 위해 성종대왕의 행장을 짓다가 친모였던 폐비 윤씨의 일을 알게 된 것이다.

그날 이융은 숟가락을 들지 않았다. 그리고 밤을 하얗게 새우며 다짐했다. 반드시 어머니의 한을 풀겠다고. 어머니에게 사약의 고통을 안긴 이들을 가만두지 않겠다고. 무오사화에서 피맛을 알게 된 이융은 친모의 비극을 알고 나서부터 흡혈 괴물이 되어 갔다.

몇 년간 이융은 마음을 다스리며 자제했다. 묘지를 이장하고 신주와 사당을 세우고 제사를 드리게 했다. 또한 폐비 윤씨에 대한 시를 짓도록 했다. 아버지 성종은 죽기 전에 앞으로 백 년 동안은 폐비를 거론하지 말라는 유언을 남겼다. 대간들이 성종대왕이 폐비 윤씨의 무덤을 윤씨지묘라 부르게 하며 왕비로 추숭하지 말라고 했음을 들어 반대했지만, 이융은 자제력을 발휘하면서도 밀어붙였다.

그런데 묘하게도 이융은 폐비 윤씨의 묘지 이장을 다른 사람이 아니라 폐비에게 사약을 들고 간 이세좌에게 시켰다. 이융은 나중에 창덕궁 인정전에서 열린 양로연養老宴 때 예조판서였던 이세좌가 술을 흘려 자신의 옷을 적신 실수를 빌미로 이세좌를 파직하고 유배 보냈다가 용서하는 행태를 보였다. 이세좌는 매일 두려움에 떨었다. 이융의 가학적인 성향이 드러나고 있었다.

어제 요사묘孝思廟에 나아가 어머니를 뵙고
술잔 울리며 눈물로 흠뻑 적셨네
간절한 정회情懷는 끝이 없으니
영령도 응당 이 정성을 돌보시리라

이융은 드러내지는 않았지만 친모를 폐비시킨 아버지 성종에 대한 반발심이 날로 커져 가고 있었다. 이융은 성종대왕이 주색에 빠져 폐비를 외면했고 이것이 비극의 도화선이 됐다고 생각했다. 그런데 이 반발이 가학성을 더하는 방식으로 표출되고 있었다.

'내 아버지보다 더 주지육림에 빠지는 모습으로 아버지에게 복수할 것이다. 이 복수의 길에 방해가 된다면 그 누구라도 가만두지 않을 것이다.'

간신이 악의를 품고도 충성한 양하여
임금을 경멸하여 손아귀에서 희롱하려 하도다
조정에서는 폐단을 한탄하나 배격될까 두려워
다투어 서로 구제하는 못된 버릇 일으키네

마침내 이융의 복수심이 폭발하기 시작했다. 간택령이 떨어졌다. 경기도관찰사였던 홍귀달에게도 손녀를 입궐시키라는 명을 내렸다. 그런데 홍귀달이 거부하면서 해명하는 글을 올렸는데, 이것이 이융의 분노를 폭발시켰다. 이융은 분노의 방향을 엉뚱하게 이세좌에게로 돌렸다. 이세좌에게 본때를 보이지 않아서 신하가 임금의 명령을 거부하는 사태가 일어난 것이라며 이세좌와 그의 아들, 사위들을 모두 유배보냈다. 나중에는 대간들을 비롯해 이세좌와 홍귀달을 처벌

하라고 하지 않은 사람들을 모조리 잡아들였다.

이후 이융의 정신 상태는 악화일로였다. 미쳐 가고 있었다. 급기야 친모를 모함했다며 아버지의 후궁인 귀인 정씨와 엄씨를 창경궁으로 끌고 와서 직접 매질을 하기에 이르렀다. 그것도 모자라 귀인 정씨의 아들인 안양군과 봉안군을 잡아들여 억지로 매질을 시켰다. 결국 두 귀인 모두 사망했다. 이융은 내관들을 시켜 두 귀인의 시신을 갈기갈기 찢어 젓갈을 담게 한 다음 산과 들에 뿌리게 했다. 그리고 폐서인했다.

이융은 칼을 들고 계모 자순대비의 침소를 찾아가 나오라고 소리를 고래고래 질렀다. 왕비가 소식을 듣고 달려와 말리지 않았다면 자순대비도 목숨이 끊어졌을 것이다. 이융은 안양군과 봉안군을 끌고 와 인수대왕대비에게 억지로 술을 올리게 했다. 당시 대왕대비는 병으로 위독한 상황이었는데, 폐비 윤씨를 죽음으로 몰아넣었다며 협박을 했다. 대왕대비는 한 달 후 사망했다. 안양군과 봉안군은 유배를 보냈다가 사사했다.

뿐만 아니라 이융은 자신의 어머니 윤씨 폐출에 동의한 신하들을 모두 찾아내 사사했다. 이세좌·윤필상에게는 자결을 명했고, 이미 죽은 한명회, 남효온, 정여창, 이세겸, 심회 등은 부관참시했다. 한명회에게는 뼈를 갈아 바람에 날리게 하는 쇄골표풍碎骨飄風을 하라 명했다. 한치형은 부관능지까지 당했다. 이세좌가 광주 이씨라는 이유로 이극균 등

광주 이씨들 상당수가 이유 없이 죽임을 당했다. 성준은 목이 잘렸다.

그 후로도 고문과 피의 나날은 계속 이어졌다. 이융은 본인이 '갑자 6간신'이라 지정한 이세좌, 윤필상, 성준, 이극균, 한치형, 남효온의 집을 모두 철거하게 하고 그 자리를 연못으로 만들게 했다.

이제 더 이상 이융의 폭주를 막아설 걸림돌은 존재하지 않았다. 이융은 경연을 아예 폐지했다. 성종대왕이 이융에게 민본을 위해 대신들의 불어난 힘을 제압하라 했는데, 제압은 물론 민본의 뼈까지 갈아 바람에 날려 버렸던 것이다.

색이란 하루아침의 일, 공덕은 만고에 남으니

이융은 미치광이가 됐다. 절대권력에 미쳤고, 주지육림에 미쳤다. 이융은 자신의 아버지를 권력과 향락에서 뛰어넘었다는 우월감을 갖고 있었다. 민도는 증발됐다. 이융은 자신의 행태를 모두 폐비 윤씨로부터 온 박탈감으로 합리화하고 있었다. 어머니에 대한 효심으로 교묘히 위장한 것이다. 이융은 철저히 망가지는 것으로 아버지에게 복수하려는 듯싶었다.

이융은 색정증色情症의 노예가 됐다. 전국에 채홍사採紅使, 채청사採青使를 보내 미녀와 좋은 말을 구해 오게 했다. 그중에서 예쁘거나 노래를 잘 부르고 춤을 잘 추는 자들을 흥청이라고 했다. 세조대왕이 중건한 원각사를 기생방으로 만들어 버렸다. 또한 성균관을 폐쇄하고 놀이터로 만들었다. 사간원도 폐지했다. 사냥에 빠져 백성들에게 큰 피해를 주었다. 재정이 모자라자 내수사內需司 계제直啓制를 만들고 미리 공납을 당겨 조달하게 해 공납 제도가 크게 어지러워졌다.

이융은 호조에 명해 아예 장부를 없애라 했다.

신하들에게는 '입은 몸을 베는 칼이다'라는 풍도의 시구가 적혀 있는 신언패愼言牌를 차게 했다. 이제 조정에서 '아니 되옵니다'라는 간언은 사라졌다. 이융은 신하들에게 자신과 자신이 총애하는 흥청의 가마를 메게까지 했다. 극악한 짓은 신하들의 아내까지 범했다는 것이다. 이런 일로 신하들 대부분이 이융으로부터 마음을 돌렸다.

> 색이란 하루아침의 일 공덕은 만고에 남으니
> 미녀 데리고 즐겨 놀 생각일랑 하지 마오

이융이 반정으로 폐위되기 전에 남긴 짧은 한시다. 이융은 자신의 엽색 행각이 자신의 명을 재촉할 것을 알았나. 그러나 정신병적인 색정증을 물리칠 수 없었던 것이다.

반정으로 이융은 폐위되고 강화도 교동으로 유배돼 두 달 만에 병으로 사망했다. 이융의 어린 자식들도 모두 죽임을 당했다. 당시 법으로는 역적의 자손이라 해도 16세 미만은 사형을 금하고 노비로 만드는 것이 최고형이었지만 반정 앞에서는 소용없었다.

활빈당의 정음 투서 사건

지리산에 은거하며 은인자중했던 활빈당이 재건되고 있었다. 이융의 사치와 방탕으로 공납제가 엉망이 되고 백성들의 생활이 어려움을 겪고 있었다. 자연스레 조정에 대한 불만이 높아져 갔다. 이런 분위기를 틈타 활빈당이 기지개를 켠 것이다. 활빈당은 당수 홍동필의 지휘 하에 있었다. 활빈당은 이융의 악행을 꾸짖는 정음 문서를 써서 사대문 안 집집마다 던져 넣었다.

> 임금이 술과 여색에 빠져 백성을 돌보지 않고 있으니 망조가 아니고 무엇인가. 대궐의 창고가 비어 간다며 다음 해, 다다음 해 공납까지 당겨 빼앗다시피 해 온 나라가 임금의 향락을 위한 창고로 전락했다. 제대로 정신이 든 사람이라면 이를 두고 볼 수만 있겠는가! 백성이 살려면 임금을 자리에서 끌어내려야 할 것이다.
>
> 활빈당

이 투서를 접한 이융은 대노하여 거액의 현상금을 걸고 활빈당을 소탕하라 했다. 그러나 활빈당의 신출귀몰에 개미 한 마리도 잡지 못했다. 이융은 엉뚱한 방향으로 화풀이를 했다. 투서가 정음으로 쓰였음을 들어 정음 교습을 중단시키고 정음 서적을 수거해 불태우도록 한 것이다. 정음을 가르치지도, 배우지도, 쓰지도 말라 했다. 정음 쓴 것을 목격했는데 고발하지 않은 사람도 엄히 다스리겠다는 방을 붙였다. 겸사복 한곤이 자신의 첩 채란선에게 예쁘게 꾸미면 궁중에 뽑혀 들어갈 수 있으니 꾸미지 말라는 정음 편지를 보냈다가 사지가 찢겨 죽는 일까지 발생했다.

이융의 비행은 태종, 세종, 세조, 성종으로 이어진 유업을 부정하고 역행하는 단계까지 이르렀다. 이융은 혈통의 정통성은 있었을지 모르나 정신적 정통성을 스스로 부정했다.

그런데 웃지 못할 일이 벌어졌다. 새로 경청곡, 혁반곡 등의 악장을 지어 즐기려 해도 홍청들이 대부분 한자는 모르고 정음을 알고 있어 가사의 정음 표시가 반드시 필요했다. 정음 금압을 명했지만 자신의 엽색을 위해서는 정음이 꼭 필요했던 것이다. 홍청들에게 임금 앞에서 쓰는 존칭어를 익히게 하기 위해서도 정음이 필요했다. 정음을 익힌 백성들이 많아 자신의 윤음을 한자로 전해서는 전파하기가 어려웠던 것이다.

금압명을 내린 일 년 후 이융은 각 관청에 신분을 구분하지 말고 정음을 아는 여성을 선발하라는 교지를 내렸다. 사실상 금압령을 해제한 것이다.

정음은 폭군 이융조차 금압할 수 없을 정도로 백성들 사이에 널리 퍼져 있었다. 널리 쓰이면 금압한다 해서 금압되지 않는 법이다. 이융은 임금의 자리에 있는 동안 언해 작업도 소홀히 했다. 성종대왕 때 시작된 불경 언해 작업인 『육조단경언해』, 『진언권공언해』, 『삼단시식문언해』, 『목우자수심결언해』가 이융 재위 때 발간됐을 정도였다.

신권의 칼날 위에 선 이역

성종대왕은 죽기 전에 아들 이융에게 민본을 위해 왕권을 강화하라 했는데, 이융은 민본은 저버리고 미친 듯이 폭주하다 결국 반정을 맞게 됐다. 새로 즉위한 이역은 반정의 주동자가 아니었다. 단지 반정 과정에서 선택된 임금에 불과했다.

반정공신들을 필두로 신권이 강화됐나. 이역은 어쩔 줄 몰랐다. 임금에게 칼을 들이댔던 사람들이 새로운 임금에게 또 칼을 들이대지 않으리라는 보장이 없었다.

이역은 첫 번째 아내인 신씨를 왕비 책봉 7일 만에 폐비시켜야 했다. 신씨의 아버지가 이융을 비호한 신수근이라는 이유에서였다. 이역은 아내에 대한 애정이 깊었던 만큼 상실감이 컸다. 권신들은 공신 지정까지 자기들 마음대로 했다. 이 일로 훈구대신과 대간들 사이에 마찰이 끊이지 않았다.

이런 혼란 속에서 박경과 김공저의 옥사가 일어났다. 박경은 서얼 출신이었는데, 같은 서얼 출신인 유자광이 공신이 돼 세도를 부리는 것이 못마땅했다. 의관이었던 김공저도 같은 생각이었다. 김공저는 임사홍의 발탁으로 중추부 첨지사를 지내다 반정으로 쫓겨났었다.

"박원종·유자광이 한 일을 우리라고 못할 게 있는가? 임금을 갈자는 것이 아니라 간적奸賊을 쓸어내는 것이니 더 명분이 있지 않은가?"

그러나 세력 규합도 못한 상태에서 내부 고발로 옥사가 일어났다.

한편 이과는 유배지 전라도에서 김준손·류빈 등과 함께 거사를 일으키려다 하루 전날 박원종 등이 일으킨 반정으로 헛물을 켜고 말았다. 이과는 정국원종공신에 봉해졌지만 급이 높지 않아 평소 불만이 많았다. 그러던 중 경복궁 근정전에서 행해진 숙원 윤씨의 중전 책봉례에서 열두 살이나 어린 중전의 오빠 윤임에게 '이공'이라 불리는 수모를 당했다. 이과는 반정공신들에게 불만이 있던 이들을 규합하고 견성군 이돈을 임금으로 세우려는 계획을 세웠다. 그러나 이 또한 내부 고발로 무위로 끝났다. 주모자는 능지처참당하고, 견성군은 결백을 주장했지만 사사됐다.

신복의의 옥사가 이어졌고, 뒤이어 이석손·이복중·이윤의 옥사가 이어졌다. 의정부의 노비였던 정막개가 무장인 박영문·신윤무가 반정공신임에도 푸대접을 받은 것을 원망해 역모를 꾀한다 고변하여 옥사가 일어나기도 했다. 송사련의 무고로 옥사가 일어나기도 했다. 반정에 뒤이은 혼란의 시기여서 이역의 재위 시기에는 고변이 끊이질 않았다.

이런 혼란이 진정되고 안개가 걷히자 드러난 것은 막강한 신권이었다. 왕권 우위의 시기는 짧게 저물었다. 왕권 강화의 상징이었던 6조 직계제는 폐지되고 신권 강화의 상징인 의정부서사제가 복원되었다. 반정 훈구대신이 의정부를 장악한 상황에서 삼사三司와의 대결이 끝없이 펼쳐졌다. 민권은 숨쉬기가 더 어려워졌다.

이역은 옛 권신을 새 권신으로 대체하는 식으로 대응했다. 나라를 어떻게 이끌겠다는 복안은 따로 없었다. 처음에는 조광조 등의 신진사림을 중용해 신진 대간 세력을 만들어 반정공신들을 견제하려 했다. 조광조 일파는 소학을 중시해 수기치인修己治人을 내세우며 엄격한 금욕과 철서히 성리학에 기반한 통치를 주장했다. '자주색을 미워하는 것은 붉은색을 어지럽힐까 염려하는 것'이라는 듯 이상주의적이고 근본주의적인 도학 정치를 표방했다. 성격상 급진적이었다. 이들은 현량과賢良科를 설치해 자신의 세력 기반을 넓혀 갔다.

그러던 중 위훈 삭제 문제를 들고나와 반정공신과 정면대결을 시도했다. 그러나 소격서 폐지 등으로 조광조에 염증을 느낀 이역이 공신들의 편을 드는 바람에 기묘사화로 조광조를 비롯한 일파는 몰락하고 말았다.

그 후에는 훈구 소장파이자 반조광조 사림이라 할 수 있는 남곤과 심정 등이 정국의 주도권을 잡았다. 이역은 사돈인 김안로를 등용하기 위해 김안로파 대간 등을 활용해 심정 등을 탄핵했다. 외척이자 실세로 등장한 김안로는 공포 정치를 펼쳤다. 자신의 아들이자 이역의 부마駙馬인 김희로 하여금 '작서의 변'과 '가작인두假作人頭의 변'을 조작하게 해 경빈 박씨와 복성군을 사사하게 하고, 정적 정광필을 유배 보낸 것이다. 자신의 반대파를 경빈 박씨의 잔당, 심정의 무리로 몰아 숙청하기도 했다. 김안로는 자신의 힘을 과신한 나머지 경원대군을 낳은 후 실세로 등장하고 있던 왕비와 그 남동생들을 제거하려다 오히려 이역과 세자의 외숙부 윤임의 결탁으로 탄핵되어 결국 사사됐다.

이역은 39년 동안 임금으로 있으면서 권신들에게 휘둘리거나 새로운 권신으로 옛 권신을 제압해 대체하는 방식으로 정사를 이끌었다. 신권의 칼날 위에서 불안감을 느꼈지만 그것을 헤쳐 나갈 어떤 방도도 찾지 못했다. 조광조를 탄핵한 신하들 모두의 반대에도 조광조에게 사약을 내렸듯이 냉혹하면서도 속이 좁았다. 무능함의 극치를 보여준 임금이었다.

이단아 채수와 『설공찬전』

채수는 홍문관 응교로 재직할 때 임사홍의 비리를 탄핵하는 상소를 올리고, 폐비 윤씨에 대해 원자의 생모이므로 합당한 예우를 해야 한다는 주장을 펼쳐 성종의 노여움을 사 삭탈관직을 당했다. 연산군 재위 때는 지방 수령직을 떠돈 덕분에 무오사화를 피할 수 있었다. 무오사화 이후에는 아예 관직을 그만두고 연산군이 불렀으나 나아가지 않았다.

그러나 연산군이 폐비 윤씨 문제를 들어 갑자사화를 일으켰을 때 채수가 사관에게 정희왕후가 정음으로 써서 내린 폐비 윤씨의 죄상 기록을 한자로 번역해 건넸다는 사실이 드러나 곤장 100대를 맞았다. 채수는 정음에 일가견이 있었던 것이다. 성종 때 폐비를 옹호했다는 정상이 참작돼 사형만은 면했다.

반정공신이었지만 적극적으로 가담하지 않아 나중에 조광조의 위훈 삭제 대상에 오르기도 했다. 엄밀하게 말하면 반정에 참여한 것은 아니었다. 채수는 반정공신에 휘둘리는 이역의 모습에 회의를 느껴 경상도 상주로 낙향해 은둔 생활을 하며 생을 마감했다.

채수는 시문에 능하고 성종 때는 장악원을 겸직할 만큼 음악에도 조예가 깊어 당시 풍류객으로 이름이 자자했다. 유학자이기는 하나 성리학의 엄격한 교조주의에 회의적인 편이었다. 불교와 도교에도 해박했다. 이런 채수의 기질이 민간에 떠도는 패설悖說인 귀신 이야기를 소재로 한 소설 『설공찬전』을 낳았다.

> 이승에서 어진 재상이면 죽어서도 재상으로 다니고, 이승에서는 비록 여편네 몸이었어도 글을 잘하면 저승에서 아무 소임이나 맡으면 잘 지낸다. 이승에서 비록 비명에 죽었어도 임금께 충성하여 간하다가 죽은 사람이라면 저승에 가서도 좋은 벼슬을 하고, 비록 여기에서 임금을 하였다 하더라도 주전충 같은 반역자는 다 지옥에 들어가 있었다.

이역을 주전충에 비유한 것은 반역죄가 될 수 있었다. "여편네 몸이었어도 글을 잘하면 저승에서 아무 소임이나 맡으면 잘 지낸다"는 대목은 당시 서슬 퍼렇던 남존여비 사상에 대해 정면으로 반기를 든 것이었다. 채수는 이역이 반정에 성공했지만 박원종·성희안 등 반정공신에 휘둘리는 것을 보며 낙담했다. 반정을 했다지만 달라진 게 무어냐는 비판 의식이 있었고, 그러한 비판 의식을 소설에 담았던 것이다.

소설이 공개되자 채수를 교수형에 처해야 한다는 주장이 사헌부를 중심으로 일어났다. 요망한 불교의 윤회화복을 끌어다 백성을 미혹시킨다는 이유에서였다. 주전충은 당의 소종을 살해하고 13세의 애제에게 양위를 받아 후량을 건국했기 때문에 해석에 따라서는 이역을 주전충에 빗댔다고 할 수 있어 반역죄로 몰릴 수 있는 상황이었다.

이역은 『설공찬전』을 모조리 불태워 버리라 명했다. 그리고 만일 이를 내놓지 않고 숨기는 자는 요서은장률妖書隱藏律의 죄로 다스리라 명했다. 다만 이역은 채수가 고령이고 반정공신임을 감안해 사형은 면하게 했다.

채수는 『설공찬전』을 한자로 쓴 데 그치지 않고 정음으로도 썼다. 반정을 했다지만 연산군 때와 크게 달라지지 않은 이역의 치세에 실망했던 백성들 사이에 정음 『설공찬전』은 널리 퍼졌고 인기를 얻었다.

정음 『설공찬전』이 나왔다는 것은 이 소설을 읽을 수 있는 독자층이 어느 정도 형성돼 있었다는 것을 뜻했다. 그리고 채수가 정음으로 소설을 썼다는 것은 양반 사대부 내에서도 정음을 활용할 줄 아는 사람이 적지 않았음을 뜻하는 것이었다. 정음 『설공찬전』은 정음의 보급에도 기여한 바 있었다.

연산군 시기는 암흑기였지만 중국으로부터 한자 소설이

본격적으로 도입되었다. 『전등신화』, 『전등여화』, 『효빈집』, 『교홍기』, 『서상기』, 『태평한화』 등이 읽혔다. 연산군은 소설 읽기를 즐겨 명나라 사은사에게 현지에서 사서 오라고 했을 정도였다.

우리나라 최초의 한자 소설은 세조 당시 생육신의 한 사람이었던 김시습이 썼다. 그의 소설집 『금오신화』에는 「면복사저포기」, 「이생규장전」 등 단편소설 5편이 실려 있었다. 그 뒤를 이은 것이 『설공찬전』이었다. 『설공찬전』은 최초의 정음 소설이기도 했다. 고려 때 『수호전』이 전래된 이후 김시습이 조선 최초의 한자 소설을 썼고, 50여 년 만에 최초의 정음 소설이 탄생한 것이었다.

정음 『설공찬전』 이후 『오윤전비기』를 낙서거사가 정음으로 번안한 『오륜전전』이 나왔다. 『이석단』, 『취취』와 같은 한글 번역 소설도 등장했다. 『오륜전전』은 충주군수가 교화 목적으로 간행한 책이었다. 관에서 정음 번안 소설을 간행한 것이다. 정음 소설이 본격적으로 기지개를 켜기 시작한 것이다. 정음으로 된 소설이 보급되면서 정음은 더 활발하게 보급되었다.

최세진의 정음 반절표

최세진은 자기 고집대로 별시문과에 응시하여 급제했고, 조선 최고의 중국어, 운서의 대가로 평가받았다. 중국과의 외교 공문서에 쓰이던 이문吏文에서도 독보적인 실력을 발휘해 문서 작성과 중국 사신의 내방에서 뛰어난 역할을 했다. 중국어 학습서인 『노걸대』와 『박통사』를 정음으로 언해했고, 예전 범례서인 『친영의주』와 『책빈의주』를 언해했다. 그리고 운서인 『사성통해』를 완성했다.

최세진이 벼슬길에 오른 지도 24년이 지났다. 정신없이 바쁜 나날에도 최세진은 홍길동과의 약속을 잊지 않았다. 홍길동은 정음의 빠른 보급을 위해 정음 음절표를 만들 것을 제안했었다. 최세진은 이제 반절표를 만들 때가 됐다고 생각했다.

한자를 진서라며 떠받드는 이들이 조정을 주름잡고 있던 시절이었다. 성종 때 간경도감이 폐지되면서 불경 언해 작업은 형편없는 수준으로 떨어졌다. 대부분의 언해 작업은 유교와 관련된 것에 국한됐다. 『이륜행실도』, 『여씨행약언해』, 『정속언해』, 『경민편언해』, 『속삼강행실도』가 발간됐고 『소학』과 『열녀전』 등이 언해됐다. 그나마 다행인 것은 『창진방촬요언해』, 『간이벽온방언해』, 『우역방언해』, 『분문온역이해방언해』 같은 의서들의 정음 번역이 활발했다는 것이다.

이역 재위 시절에는 지진 같은 자연재해가 빈발했다. 기근과 전염병도 만연했다. 그로 인해 쌀값이 3배로 뛰는 등 통제불능 상태에 이르렀다. 이런 상황이다 보니 의서의 보급이 시급했다. 의서 언해 작업이 활성화된 것은 조정의 자비가 아니라 민생 파탄에 대응하기 위해서였다.

이런 분위기에서 최세진이 정음 음절표만을 만든다는 것은 불가능했다. 잘못하다가는 대간으로부터 탄핵되기 십상이었다. 최세진은 아이들을 위한 한자 학습용 책을 만들고, 거기에 반절표를 덧붙이는 방식으로 감시의 눈초리를 벗어나야겠다는 생각을 했다. 한자의 음과 뜻을 정음으로 표기하고 책 시작 부분에 범례를 싣고, 범례 끝부분에 '언문자모'라 해서 사용법을 붙이는 것이었다.

최세진은 한자 학습서인 『천자문』과 『유합』이 실생활과 동떨어졌다며 새, 짐승, 풀, 나무 이름과 같이 실생활에 꼭 필요한 것들 위주로 한자 교육이 필요함을 강조했다. 그리고 기존의 정음 자모 28자 중 히읗을 빼고 27자로 정리했다.

최세진은 자모의 이름을 처음으로 표기했다. '기윽, 니은, 디읃', '아, 야, 어, 여' 식으로 이름을 지은 것이다. 그런데 이 두식 한자로 적다 보니 기윽을 기역其役으로, 디읃은 디귿池末, 끝말으로, 시읏은 시옷時衣, 옷 의으로 발음하게 됐다. 그리고 모음과 자음을 합쳐 '가, 갸, 거, 겨' 식으로 음절이 이뤄지는 것을 설명했다. 이러한 『훈몽자회』는 큰 인기를 얻었다. 그만큼 정음의 보급에도 큰 역할을 했다.

홍윤길이 최세진을 찾아왔다. 윤길은 초로의 나이였지만 얼굴과 몸은 여전히 헌헌장부 못지않았다. 세진은 윤길에게 늦었지만 할아버지와 약속한 대로 정음 반절표를 만들었노라며 건넸다. 그리고 활빈당이 정음 전파에 더 박차를 가해 달라 격려했다. 윤길은 대뜸 반절표를 앞에 내려놓고 절을 했다. 윤길은 정음 반절표를 할아버지의 분신으로 생각했던 것이다. 최세진은 윤길에게 동필과의 만남을 청했다. 긴히 얘기를 나눠야 할 듯하니 날을 정해 자신의 집에서 비밀리에 만나자고 했다.

『훈몽자회』 보급 이후 전국의 사당, 정음당 할 것 없이 '가, 갸, 거, 겨' 소리가 울려퍼졌다. 홍동필의 무리가 은거하는 산채 이곳저곳에서도 마찬가지로 '가, 갸, 거, 겨' 소리가 울려퍼졌다.

명나라, 정음에 주목하다

세종은 정음 창제와 반포를 명나라에 알리지 않고 진행했다. 정음은 문종 때부터 서서히 대중화되다가 『훈몽자회』 발간 이후 본격적인 대중화가 이루어졌다. 명나라 사신들과 조선에 들어와 있던 명나라 세작들도 정음의 존재를 알고 있었지만, 신기한 발명품에 대한 일시적 관심 정도로 치부했다.

그러나 정음이 양반 사대부를 제외하고 왕실 내명부와 양반 가문의 아녀자, 중인, 평민들에게까지 광범위하게 퍼지자, 이제는 정음에 대한 정보가 주요 정보가 되지 않을 수 없었다.

그렇다고 조선 조정에 압력을 행사할 수 있었던 것도 아니었다. 여전히 왕실과 신하들, 그리고 양반 사대부들은 한자를 공식적으로 쓰고 있었고, 사대에도 어긋남이 없었다.

명나라가 걱정했던 것은 정음이 조선의 비밀 문서를 표기하는 수단이 되는 것이었다. 그러면 정보 획득에 상당한 혼선을 초래할 터였다. 왜도 정음의 정체를 알고 같은 우려를 하고 있었다. 정음을 모르면 비밀 문서에 대한 해독이 불가능하므로 정음의 정체를 알아내야 했다.

역관 중에 주양우라는 자가 있었다. 사역원 생도가 되어 중국말을 익힌 후, 중국 사신의 전문 통역관으로 일하고 있었다. 주양우는 영의정 김근사의 도움으로 여러 차례 중국에 드나들면서 명나라 사람들을 사귀고 중국말 실력을 쌓았다.

명나라에서는 주양우와 친분이 있는 이를 접근시켜 정음 습득을 시도했다. 이에 주양우가 응해 줬는데, 이러한 사실이 밝혀져 추국을 당했다. 정음의 존재는 명나라에 기밀로 유지해 왔기 때문에 기밀누설죄로 추국을 당한 것이다. 나중에 주양우가 승문원 교리로 물망에 올랐을 때 이때의 일이 다시 거론되기도 했다.

이역은 대외적으로 정음을 국가 기밀로 다뤄야 한다는 점을 다시금 강조했다.

최세진, 조선 혁명을 논하다

최세진은 발군의 능력으로 이역의 총애를 받았다. 이역은 최세진의 뛰어난 능력을 눈여겨봤고 높이 샀다. 최세진이 책을 지어 바치면 상과 함께 직위를 올려 주곤 했다.

이런 최세진이 대간들과 사대부들에게는 눈엣가시였다. 중인 주제에 임금의 총애를 받는 것이 싫었다. 그러다 보니 최세진은 연산군 때 임금을 비방하는 정음 벽서 사건의 주동자로 지목되기도 했다. 승지 권균이 그를 비호하지 않았다면 목이 남아나지 않았을 것이다. 대간들의 탄핵 대상이 되기도 해 직위에서 쫓겨난 적도 있었다. 강예원姜隷院의 교수 일이 주어졌을 때 대간들이 신분이 미천하다 하여 직위 해제를 요청하기도 했다.

최세진은 이런 일들을 겪으며 양반 사대부의 지배 질서에 환멸을 느꼈다. 한자를 문명의 문자라며 정음을 천시하는 태도에 구역질이 났다. 이역이 즉위한 후 권신들이 날뛰고 민생을 외면하는 모습들을 매일 보면서 이러다가는 조선에 희망이 없을 것이라 개탄했다. 무언가 대책이 필요했다. 흐름을 뒤바꿀 큰 힘이 필요했다. 여러 해 고심한 끝에 최세진은 홍동필을 만나기로 결심했다. 홍동필을 만났다는 사실이 알려지면 그것만으로도 최세진은 참형을 당할 게 뻔했다. 최세진은 그야말로 죽을 각오로 동필을 만난 것이었다.

새벽녘에 홍동필이 찾아왔다. 아들 윤길과 이제 갓 스무 살 정도 돼 보이는 젊은이를 대동하고서였다. 그 청년의 이름은 임꺽정이라 했다. 영민하고 무예에 통달해 앞으로 활빈당 무리를 이끌 재목이라 소개했다. 최세진은 자신의 아들 기문과 함께 있었다. 기문은 아버지의 뒤를 따라 잡과에 급제해 역관의 길을 걷고 있었다. 최세진에 미치지 못하지만 기문 또한 뛰어난 역관으로 평가받고 있었다.

최세진이 비장한 어조로 사자후를 토했다.

"조선이 권신들이 농단하는 나라가 돼가고 있습니다. 이래서는 희망이 없습니다. 잦은 재해와 공납의 문란으로 유리걸식하는 백성이 해마다 늘고 있습니다. 남쪽은 왜놈들의 폭동 후 왜구의 침입이 잦아 흉흉하고, 서북 지역은 여진족의 발호를 막지 못해 백성들의 어려움이 이만저만 아닙니다. 활빈당이 삼남과 경기를 넘어 북쪽 지역까지 세력을 넓힐 수 있었던 근저에는 백성들의 민생고와 아우성이 있는 것입니다.

이제 활빈당은 그저 탐관오리를 벌하고, 관청에 쌓아둔 곡식을 빼앗아 배고픈 백성의 주린 배를 채우는 정도의 활동을 벗어나야 합니다. 당을 내세웠다면 그에 걸맞은 강령이 있어야 할 것입니다. 제가 여러 해 고심 끝에 여러분이 내세워야 할 것을 정리했습니다. 산채로 돌아가거든 잘 논의해 주시기 바랍니다."

최세진은 정음으로 정리한 문서를 내밀었다. 그 내용은 아래와 같았다.

첫째, 토지 문제를 이제 전면에 내세워야 합니다. 오래전부터 활빈당은 맹자의 정전제를 이상으로 제시해 왔습니다. 백성들이 양반 사대부들의 너른 토지에 붙어 근근이 살아 나갈 것이 아니라 내가 일구어야 할 땅을 가져야 민생고를 해결할 방도를 찾을 수 있습니다. 내 땅을 가진 백성이라야 내 나라에 더 충성할 수 있는 것입니다. 내가 지킬 땅이 있는 나라와 내가 지킬 땅이 없는 나라는 하늘과 땅 차이입니다. 활빈당의 이름을 정전당으로 해 목표를 분명하게 해야 합니다. 노산군 시절에 이미 정전당이 있었습니다. 활빈당이 정전당으로 이름을 바꾼다는 것은 예전의 정전당을 재건한다는 뜻도 있습니다.

둘째, 한자와 더불어 정음을 조선의 공용 문자로 할 것을 요구해야 합니다. 문자의 평등이 신분의 평등을 불러

오는 불쏘시개 역할을 할 수 있습니다. 이제 정음은 왕실 내명부, 양반가의 아녀자들, 그리고 중인과 평민들의 문자로 널리 쓰이고 있습니다. 그런데 오로지 양반 사대부들만이 정음을 깔보고 한자만을 쓰려 하고 있습니다. 정음이 조선의 주인 문자가 되면 조선은 완전히 새로운 나라로 바뀔 것입니다.

셋째, 노비와 팔천八賤의 철폐, 서얼 제도의 철폐를 요구해야 합니다. 사람으로 태어났지만 사람으로 인정받지 못하고, 심지어 노비는 사고파는 물건으로 취급되고 있습니다. 자기 의지에 의한 것도 아닌데 아비가 노비이고, 어미가 노비라 해서 그 자식도 노비가 된다는 것은 폭력입니다. 노비와 천인 중에도 재능이 출중해 그 재능을 펼치면 나라에 이바지할 사람이 한둘이 아닐 것입니다. 세종대왕 때 장영실의 사례도 있지 않습니까? 서얼제는 홍길동 어르신의 평생의 한이었습니다. 서얼제의 철폐를 내건다면 양반이라 해서 선뜻 활빈당에 몸담지 않는 이들을 끌어당기는 효과도 발휘할 수 있을 것입니다. 그러면 활빈당 세력을 확장하는 데에도 큰 몫을 할 수 있을 것입니다.

넷째, 남존여비를 혁파해야 합니다. 조선이 세워진 지 약 135년이 됐습니다. 135년 전 고려 시대만 해도 부녀자들이 이렇듯 깔보임을 당하지 않았습니다. 재가가 자유로웠을 뿐만 아니라 유산에도 권리가 있었습니다. 아녀자라 해서 삼종지도니 뭐니 해서 무시하는 세상은 조선 왕조가 세워진 이래의 일이지 그전의 일이 아닙니다. 삼종지도는 도도 아니고 덕도 아닙니다. 부녀자들 중에도 재능이 사내에 비해 떨어지지 않는 사람들이 왜 없겠습니까. 최소한 고려 시대의 부녀자들 정도로라도 권리를 보장해 줘야 합니다.

다섯째, 나라가 반석에 오르려면 믿음과 생각에 제한이 있어서는 안 됩니다. 성리학만이 도학이고 나머지 불교와 도교 등은 잡스러운 것이라 배척한다면 백성들이 맘 놓고 자기가 믿을 바, 자기가 주장할 바를 내세우지 못하게 됩니다. 성리학을 존숭하더라도 유교와 도교 등도 존중되어야 합니다. 오히려 많은 백성들이 믿는 것이 불교이고, 도교입니다. 이런 폐습을 깨뜨려야 합니다.

내가 벌어먹을 땅이 있고 내가 쓸 글자가 있어 배울 수 있고 내 주장을 할 수 있고, 내 믿음을 내세울 수 있다면 이것이 바로 양반입니다. 궁극적으로 조선은 신분 차별이 없고 남녀 차별이 없는 나라가 되어야 합니다. 모두 천인이 되고, 모두 중인이 되어야 한다는 것은 아닙니다 모든 조선의 백성들이 남녀 차별 없는 양반이 되는 세상을 열어야 합니다. 그것이 바로 대동세상입니다.

홍길동 어르신께서는 율도栗道를 말씀하셨습니다. 조정은 밤나무가 되어야 하고 관은 밤송이가 되어 밤톨인 백성을 돌봐야 한다고 했습니다. 율도가 곧 민도民道라 했습니다. 밤나무가 밤나무의 역할을 못하고, 밤송이가 밤송이의 역할을 못한다면 어떻게 해야 되겠습니까. 그 밤나무 밑동을 도끼로 내리쳐야 합니다. 밤송이 몇 알을 솎는다고 될 문제가 아닙니다. 맹자가 뭐라 했습니까. 백성이 가장 귀하며, 다음은 사직이고, 가장 가벼운 것이 임금이라 했습니다. 백성은 물이요, 임금은 배이니 물이 배를 뒤집듯 임금이 백성의 민생을 외면하다면 백성이 임금을 갈아치울 수 있는 것입니다.

최세진의 말이 끝나기가 무섭게 임꺽정이 엎드려 통곡을 했다. 임꺽정은 조정의 녹을 먹는 고위 벼슬아치가 신분과 차별의 철폐를 목놓아 주장한다는 사실에 전율했다. 특히 팔천을 철폐해야 한다는 말을 듣고서는 통곡하지 않을 수 없었다. 임꺽정은 천인 중의 천인인 백정이었던 것이다. 짐승을 도축하는 백정은 아니고 버드나무로 바구니 등을 만들어 파는 고리백정이었다. 그는 고리백정이라 해서 온갖 천대와 설움을 받았다. 부모는 어렸을 때 지진으로 집이 무너지면서 모두 돌아가셨다. 고아로 받았던 천대와 설움은 이루 말할 수 없었다. 그 지긋지긋한 삶에서 벗어나고자 열다섯에 홍동필의 산채에 발을 들여놓았다. 최세진이 팔천을 없애야 한다는 말에 임꺽정은 그동안 당했던 설움이 떠올라 통곡을 했던 것이다. 임꺽정은 '대동세상' 네 글자를 들었을 때 주먹을 불끈 쥐었다. 대동세상이 자신의 인생을 바칠 운명적인 네 글자라는 생각을 하자, 자연스레 다짐이 되어 자기도 모르게 주먹을 불끈 쥐게 된 것이다.

최세진은 아들 기문에게 엄한 어조로 말했다.

"기문아, 이제 너는 이 아비가 어떤 꿈을 꿔왔는지 알게 되었다. 앞으로 홍동필 어른을 잘 모시고 돕도록 해라. 조선에 대동세상을 여는 데 한 치의 망설임도 있어서는 안 된다. 홍두령, 그리고 윤길이! 앞으로 내게 연통을 놓으려거든 아무래도 내 아들 기문을 통하는 것이 좋겠소. 내가 아무래도 움직이는 데 어려움이 있으니 앞으로 그렇게 하기를 바라오."

임꺽정이 최기문을 뚫어져라 쳐다봤다.

(계속됩니다)